# ZU GAST IN WIEN

WIENER THEMEN

GUNTHER MARTIN

# ZU GAST IN WIEN

*Jugend und Volk Wien München*

*Abbildungsnachweis*

Bezirksmuseum Ottakring: 36
Fremdenverkehrsverband: 112 unten
Ernst Hausner-Stollhofen: 109, 112 oben
Hist. Museum der Stadt Wien: 33 oben, 34 oben und unten, 35 oben und unten, 55 oben, 56 oben
Haimo Lauth: 55 unten
Molden Verlag, Wiener Veduten, Künstlerpostkarten der Wiener Werkstätte, Wien 1978: Bild auf dem Einband, 92 oben
Museum für angewandte Kunst: 54 unten (Foto), 56 unten, 90
Österreichische Nationalbibliothek, Wien: 54 oben
Postdirektion: 33 unten (Linz), 53 oben (Wien)
Foto Vodicka: 92 unten
Foto Votava: 110 oben und unten, 111 oben und unten
Wiener Stadt- und Landesbibliothek: 7, 53 unten, 66, 89, 91, 96

ISBN 3-7141-6021-3 Jugend und Volk Wien

Einbandgestaltung: Haimo Lauth (Bild: Urban Janke, Wien: Aus Schönbrunn. Blick auf die Gloriette. Künstlerpostkarte der Wiener Werkstätte)

 4597-80/1/30
Satz: Fotosatz Bergler, Wien
Druck: Novographic, Wien

# INHALTSVERZEICHNIS

*Plakat von Joseph Binder: Opernredoute, 1927*

OPERN
BINDER
REDOUTE
WIEN, SAMSTAG 14. JANNER 1928, 22h
KARTEN IM VORVERKAUF (BIS 4. JÄNNER) S 40.- NACH DEM 4. JÄNNER S 50.-
KARTENVERKAUF: GENERALDIREKTION DER BUNDESTHEATER I., REITSCHULGASSE 2, STAATSOPER (EINGANG OPERNGASSE), IN DEN GROSSEN WIENER HOTELS UND BEI DEN GROSSEN WIENER MODEFIRMEN.
LITH. J. WEINER, WIEN

# I

## KREUZRITTER, PILGER UND KAUFLEUTE

Seit Menschen über weite Strecken reisten, zu Pferd, im Wagen oder zu Fuß, brauchten sie die Gewißheit, unterwegs und am Ziel Unterkunft zu finden, sich auch in der Fremde mit dem täglich Notwendigen an Speis, Trank und Lagerstatt versorgen zu können. Dies hieß auch, daß es an den Stationen des Weges Menschen geben mußte, die bereit waren, all das zu bieten, sei es im Sinn des geheiligten Gastrechtes, aus Freundschaft oder Mildtätigkeit, oder aber gegen Geld. Und nicht nur bereit, sondern infolge ihrer häuslichen Verhältnisse auch in der Lage, Gäste zu beherbergen.

Die Herberge - ein uraltes deutsches Wort, das als „albergo" und „auberge" auch in die romanischen Nachbarsprachen entlehnt wurde, leitet sich davon ab, daß ein Heer auf seinem Zug sich unter einem Obdach bergen, also Quartier nehmen könne. Wobei die Größenordnungen natürlich nicht nach heutigem Maß zu messen sind. Die Scharen der Völkerwanderung, von den damals unsere Welt bewegenden Ereignissen auf Wanderschaft getrieben, würden sich, verglichen mit dem heute bei Ferienbeginn zwischen Hannover und Frankfurt anrollenden Urlauberstrom, sehr bescheiden ausnehmen. So ist auch das durchschnittliche Heer, der Heerbann des Mittelalters, als eine Truppenmacht von höchstens einigen tausend Mann zu verstehen.

Das Wien des Hochmittelalters, die Residenz der Babenberger, die seit 1156, seit der Ära Heinrich Jasomirgotts, ihren Wohnsitz auf dem heutigen Platz Am Hof hatten, war damals als Schnittpunkt von Fernverbindungen in erster Linie Durchzugsstation von West nach Ost, und es waren vor allem drei Gruppen, die hier für längere oder kürzere Zeit Rast machten oder Aufenthalt nahmen: die Kreuzritter, die Pilger und die Kaufleute.

Für die Kreuzfahrer war Wien anno 1189 der Sammelplatz vor dem Zug ins Heilige Land, unter Kaiser Friedrich Barbarossa, der hier sein Heer formierte. In dieser Bereitstellung bot sich die letzte Möglichkeit, die Bewaffnung und Ausrüstung der Streiter zu vervollständigen. Denn beim Weiterreiten verließ man den vertrauten mitteleuropäischen Kulturbereich. Es gibt keine Berichte über den Modus der Unterbringung. Als Standesherren werden die Ritter vermutlich am Herzogshof, bei ansässigen Edelleuten und in Bürgerhäusern Quartier gefunden haben, ähnlich wie in den Tagen, wenn am Babenbergerhof Hochzeit gehalten oder Turniere veranstaltet wurden und sich in Wien das Gepränge ritterlicher Heraldik und ritterlicher Lebensweise entfaltete.

Anders verhielt es sich bei den Pilgern. Sie waren fromme, aber arme Männer, auf Unterkunft um Gotteslohn angewiesen, deshalb nächtigten sie auf ihrem langen Weg zumeist in Pfarreien und Klöstern. Das Pilgerwesen bedingte die Errichtung einer der ersten Herbergen Wiens, wahrscheinlich sogar der allerersten: der des Schottenklosters. Im Jahr 1155 hatte Heinrich Jasomirgott das Stift gegründet, und kurze Zeit später boten die Mönche bereits Pilgern Obdach. Dieses Quartier führte den Namen „Im Elend", der beim Bau der Fortifikationen auf die „Elendsbastei" überging; es befand sich in der Gegend des heutigen Salzgries. Man mag ermessen, welch spartanische Schlafstätten es dort für die Genügsamen gab. Solche „Elendsherbergen" waren in vielen europäischen Ländern üblich, getragen von der Milde und der Barmherzigkeit. Das Wort selbst bedeutete anfangs nichts anderes als „Ausland", der Sinnwandel zum Negativen ergab sich durch die Erfahrungen, welche Schicksalsschläge, Anfechtungen und Heimsuchungen den befallen können, der einsam und schutzlos in der Fremde weilt. Da und dort bildeten sich auch „Elendsbruderschaften", die sich der Hilfe in Not geratener Reisender widmeten oder im

Fall eines wahrhaft elenden Todes für ein christliches Begräbnis sorgten.

Ähnliche Funktionen hatten auch die Spitalsgründungen jener Zeiten: das Heiligengeistspital, das Meister Gerhard, Arzt und Hauskaplan des Herzogs Leopold VI., 1211 außerhalb des Stadtgebietes, im Bereich des späteren Freihauses, anlegte und das der Landesfürst unter die Obhut des nach der Regel des Augustinus wirkenden Heiligengeistordens stellte. Die Patres pflegten kranke und hinfällige Einheimische, ebenso aber auch hilflose Fremde. Diese Verbindung sozialer und karitativer Aufgaben mit der Betreuung bedürftiger Ausländer fand später, um 1250, bei der Errichtung des „Bürgerspitals" - von den Bürgern für die Bürger geschaffen - ihren konkreten Ausdruck. Expressis verbis in der Bestimmung „für Arme und Kranke der Stadt und solche, die aus anderen Ländern nach Wien kommen, hier keinen Zufluchtsort und keine Mittel haben, um ihr durch Alter, Krankheit und Armut bedrängtes Leben zu fristen".

Denn die aus dem Morgenland zurückkehrenden Pilger brachten nicht selten schwere Krankheiten mit. So mußte die Fürsorge für die Leprösen, soweit möglich, auf eine systematische Basis gestellt werden. Die Aussätzigen durchzogen ja als erbarmungswürdige Jammergestalten klagend und bettelnd die Welt des Mittelalters. Deshalb kam den Siechenhäusern große Bedeutung zu - wenn auch am Rande, und dies wahrhaftig, denn aus Sicherheitsgründen wurden sie in entsprechender Distanz von der Stadt erbaut: im späteren St. Marx, auf der Wieden und an der Als. Diese Anstalten führten beziehungsvolle Namen, nach St. Lazarus, nach Job dem Dulder und „zum Klagbaum".

Seit etwa 1220 hatten die Johanniter und der Deutsche Orden in Wien ihre Niederlassungen - die historische Lage ist bis heute unverändert geblieben, die Malteser residieren noch immer in der Kärntner Straße, und das „Deutsche Haus" steht zwischen Singerstraße und Stephansplatz an der Stelle des ersten Ordensgebäudes. Diese beiden Häuser waren verpflichtet, als Hospize – so benannt nach den „hospites", den Gastfreunden – Ritter und Pilger zu beherbergen. Desgleichen verfügten die niederösterreichischen Stifte, die im Umland Wiens Liegenschaften besaßen, über eigene Höfe in der Stadt, als Unterkünfte um so nötiger, da Personen geistlichen Standes damals keine Wirtshäuser betreten durften.

Die dritte und wichtigste Gruppe aber waren jene Fremden, die ihre Geschäfte nach Wien führten. Es waren fast ausschließlich Kaufleute „de Svevia, de Ratispona, de Patavia", also aus Schwaben, Regensburg und Passau, aus dem süddeutschen Raum am natürlichen Verkehrsweg der Donau. In den Satzungen des „Leopoldinums", des Wiener Stadtrechts Herzog Leopolds VI. von 1221, wurde festgelegt, daß die „Gäste", die besonders am Handel mit Ungarn interessiert waren, an Ort und Stelle ihre Waren verkaufen mußten, und zwar ausnahmslos an Wiener Bürger. Geschäfte mit anderen „Gästen" waren verboten. Des weiteren wurde den fremden Kaufleuten eine Frist gesetzt, binnen deren sie ihre Güter loszuschlagen hatten. Die Dauer ihres Aufenthaltes in Wien durfte zwei Monate nicht überschreiten.

Solche Beschränkungen kodifizierten für die Stadt ein de facto bereits früher gegebenes Stapelrecht, das den ansässigen Händlern als Maklern zwischen den „Gästen" eine sehr lukrative Position sicherte und wesentlich zum wirtschaftlichen Aufschwung Wiens beitrug. (Diese Bestimmungen blieben im Prinzip bis ins 15. Jahrhundert gültig, zumindest als Gewohnheitsrecht. Aufgehoben wurde das Stapelrecht formell erst anno 1515 in einer durch die Entwicklung schon längst gründlich veränderten Situation.) Bemerkenswert ist, daß das Wort „Gäste" damals eben nur die schwäbischen und bayerischen Handelsherren meinte, was darauf hindeutet, daß als fremde Besucher in erster Linie sie in Betracht kamen und die weit überwiegende Zahl des kurzfristigen Zuzugs bildeten. Die Regensburger unter ihnen richteten sich einen eigenen „Regensburger Hof" am Lugeck als Warenlager ein. Der markante Bau mit den beiden Eckrondellen war dann im Februar 1470 Schauplatz eines Festes für Kaiser Friedrich III. und König Matthias Corvinus und existierte mit wechselnden Funktionen bis in die neunziger Jahre des vorigen Jahrhunderts! Die Demolierung wird seither zu Recht, aber leider zu spät, als ein empfindlicher Verlust an mittelalterlicher Architektur bedauert.

In jener Frühzeit war die Frage der Beherbergung so geregelt, daß es jedem Hausbesitzer freistand, Fremde bei sich aufzunehmen. Und der Hausbesitz im damaligen Stadtgebiet lag in den Händen der „Erbbürger". Verständlich, daß die Handeltreibenden sich am ehesten bei „Berufskollegen" einquartierten, was für beide Seiten von Vorteil war, da die persönliche Beziehung - häufig durch wiederholte Besuche gefestigt, womit wir bei einer ersten Erscheinungsform des Stammgastes sind - mit den geschäftlichen Interessen aufs beste zu vereinbaren war.

Daher gab es nur sehr wenige Bewohner Wiens, die das Vermieten von Unterkunft an jeden beliebigen Fremden gewerblich betrieben, sich also ihre Gäste nicht individuell aussuchen konnten, sondern vom zufälligen Kommen und Gehen abhängig waren. In den „offenen" Herbergen, die nach den gleichen Grundsätzen geführt wurden wie die Pilgerschlafstätten, trafen sich vor allem Angehörige der niederen Stände, Leute, die keine „Verbindungen" hatten und nicht Anspruch darauf erheben konnten, irgendwo ein Privatquartier zu finden, nämlich Donauschiffer, Fuhrwerker mit ihren Gespannen und Wagen, Bauern, die auf die Märkte kamen, und vereinzelte unstet Umherziehende, Vaganten, die sich am Rand der Gesellschaft bewegten, ohne rechtes Ziel und ohne geregelte Tätigkeit - allesamt Anonyme. Sprach einmal ein Händler ein, dann versuchte der Wirt nicht selten, als Vermittler für Verkäufe zu fungieren und sich damit einen Nebenerwerb zu verschaffen. Ein Beginnen, dem 1312 die Wiener Kaufleute dadurch einen Riegel vorschoben, daß sie, auf ihre verbrieften Rechte pochend, ein Verbot für Herbergswirte erwirkten, ihnen bei der Ausübung der Stapelbefugnis unlautere Konkurrenz zu machen.

Über die Ausstattung und das Alltagsleben in solchen Herbergen sind wir ebensowenig unterrichtet wie über ihre Lage im Stadtgebiet. Es gibt keine schriftlichen Zeugnisse, keine Gewährsmänner, die sich als Sittenschilderer mit derlei Einzelheiten befaßt, ihre persönlichen Eindrücke von Räumlichkeiten, Speis und Trank oder gar Bewertungen des Gebotenen in lobender oder kritischer Weise geäußert hätten, wie es – davon wird noch zu erzählen sein – seit dem 18. Jahrhundert so oft geschah. Wir betrachten hier noch das „archäologische" Zeitalter des Beherbergungswesens. Waren selbst die Häuser angesehener Bürger nur notdürftig mit dem absolut erforderlichen Mobiliar eingerichtet und drang nur schwaches Licht durch die in die Fenster gespannten dünngegerbten Tierhäute – das Glaserhandwerk war vorwiegend mit Kirchenfenstern und Reliquienschreinen beschäftigt –, so gehen wir wohl nicht fehl, wenn wir uns die frühen Fremdenunterkünfte für jedermann als ganz primitive, finstere Gelasse denken, die zudem infolge des stetigen Wechsels der Bewohner meist arg verschmutzt und verwahrlost waren.

Ein bereits damals sehr wichtiger Faktor des Wirtschaftslebens war der Weinbau, zumal der eigentliche Stadtbereich noch Rieden umschloß. Daher auch die drei bis vier Stock tiefen Keller der alten Stadthäuser, die heute zum Teil Gaststätten ganz eigener Prägung sind: Zwölf-Apostel-Keller, Esterhazy-Keller, Urbani-Keller. Wein war der Haupt-Exportartikel Wiens. Die Ausfuhr lag größtenteils in den Händen der fremden, hier temporär tätigen Händler, die den für die Rückreise leer verfügbaren Frachtraum dazu nutzten, Güter, in diesem Fall eben Wein, in ihre Heimat zu transportieren.

So gut wie unbekannt und erst jetzt im Wiener Stadt- und Landesarchiv Gegenstand der Forschung sind die Mühlenanlagen an der Wien, die davon abhängig waren, wieviel Wasser der Fluß führte, weshalb sich der Mahlvorgang manchmal um einige Tage verzögern konnte. Aus diesem Grund waren die Müller darauf eingerichtet und auch befugt,

Bauern, die darauf warten mußten, bis ihr Korn zu Mehl wurde, bei sich unterzubringen und zu verpflegen.

Gemäß einer Verordnung Herzog Albrechts V. aus dem Jahr 1433 mußten die „Gäste" fortan in offenen Herbergen Quartier nehmen, und als Kontrollore der geschäftlichen Abwicklungen walteten der „Unterkäuffel", eine beeidete Charge, sowie der Ballenbinder und der Beschauer ihres Amtes. Diese Regelung setzt die Existenz richtiger Einkehrwirtshäuser voraus, aber die historischen Hinweise darauf sind sehr spärlich. Die ersten namentlichen Erwähnungen stammen aus der zweiten Hälfte des 15. Jahrhunderts. Da sind genannt: der aus der Wiener Sage bekannte „Küßdenpfennig", der „Steyrerhof", die „Gulden Cron" und der „Weiße Rabe". Damit beginnt, ganz allgemein betrachtet, eine bedeutsame, das Bild der Stadt bunt belebende Tradition . . .

## II

## „DES VOLKS WAR DA DIE GROSSE MENGE"

Es gibt eine Gepflogenheit, die uns seit unzähligen Generationen so vertraut ist, daß man sie als selbstverständlich nimmt und gar nicht mehr weiter darüber nachdenkt. Nämlich die Benennung der Gasthöfe. Sie ist uralt und im zentral- und nordeuropäischen Raum allgemein verbreitet. Jeder, der sich mit der Geschichte Wiens beschäftigt, weiß, daß das individuelle Hauszeichen eine markante Orientierungshilfe war – lange, lange bevor die Numerierung eingeführt wurde und für die Eingesessenen auch noch nachher. Eine bestimmte Adresse zu finden, ohne einen Stadtplan zu Rate zu ziehen, den es ja noch nicht gab, das muß sich etwa so abgespielt haben, daß ein Ortsunkundiger sich, sagen wir, zunächst einmal zum Seilergässel durchfragte. Sodann durchschritt der Fremde wachen Blickes das Gässel, bis er an einer Fassade das gesuchte Hauszeichen entdeckte.

Leicht erkennbar mußte es sein, ob nun sakral wie „Die Flucht nach Ägypten" oder weltlich. (Obwohl es auch Hauszeichen gab, die, symbolisch oder gar emblematisch gestaltet, ihren eigentlichen Sinn nicht ohne weiteres offenbarten.) Rasch deutsam deshalb, damit es die einfachen Leute erfaßten, die weder lesen noch schreiben konnten. Jenes einfache Volk eben, für das die Kirche des Mittelalters das Geschehen der Heilsgeschichte in der Form der Biblia pauperum, der „Armenbibel", als anschauliche Bilderfolge darstellte. Um so einprägsamer mußten Gasthäuser und Gasthöfe sich herausheben, meist durch das von der Mauer in die Straßenflucht ragende Schild, für männiglich gut sichtbar, Wegweiser und Hauszeichen in einem. So entwickelte sich in der Spätphase ritterlichen Wappenwesens eine Art trivialer Heraldik. Eine Wirtshaus-Heraldik. Ihre Motive waren schier unbegrenzt, der gesamten Begriffswelt des damaligen Menschen entnommen, aber doch mit einer gewissen Vorliebe für das einfache, rasch zu erfassende Bild. Wie beim mittelalterlichen Wappen und dem Banner alles Kleinliche, Detailreiche vermieden wurde, um etwa mit einem Andreaskreuz oder einem blauen Löwen im silbernen Feld Signalwirkung zu erzielen, so entschieden sich die Wirte sehr häufig für Tierdarstellungen, die man sich leicht merken konnte.

In dieser Heraldik des Alltagslebens finden wir sämtliche wappenwürdigen Tierarten und Fabelwesen, namentlich den Adler. Noch Adalbert Stifter, der diesem Thema einige Aufmerksamkeit widmete, bemerkt dazu: „Jeder Reisende weiß, welche Kette von goldenen, silbernen, schwarzen, weißen Adlern er auf den Schildmauern der Wirtshäuser angetroffen." Außerdem den Löwen, den Hirsch, den Greif, aber desgleichen anderes Getier, das dem bäuerlichen Menschen näherstand: das Lamm (das in der hohen Heraldik meist in Klosterwappen, als Agnus Dei, vorkommt), der Ochse, der Hahn, die Gans, ja sogar der Hecht und der Krebs. Die Varianten waren beliebig zu erweitern, durch die Wahl der Farbe, die wiederum den heraldischen Gesetzen folgte, indem sie sich von der Natur entfernte, wenn ein Wirt seine Gäste im Zeichen des „Roten Hahnes", des „Blauen Ochsen" oder des „Goldenen Bocks" beherbergte.

Wie im Mittelalter war das wichtigste Fortbewegungsmittel des einzelnen noch immer das Reitpferd, aber lange Ritte über weite Strecken wurden durch die Einrichtung von Poststationen, die als Einkehrgasthöfe fungierten, viel angenehmer, zumindest nach damaligen Begriffen. Um 1500 hatte der Edelmann Franz von Taxis, aus einem ursprünglich mailändischen Geschlecht, die ersten regulären Postverbindungen zwischen den Niederlanden, Deutschland, Frankreich, Spanien und Italien geschaffen und damit ein systematisches Postwesen eingerichtet, das dann im Reich zur Domäne der nachmaligen Fürsten von Thurn und Taxis wurde. Wir können von einer ersten

Phase des „Fremdenverkehrs" sprechen, den allerdings die Türkenbelagerung von 1529 kurzfristig unterband und die Glaubensfehden der Reformation beeinträchtigten. Dennoch: es ist eine Zeit, in der Wien, die Grenzfestung, die nur 110 Kilometer vom türkischen Hoheitsgebiet Ungarn trennten, sich seiner selbst bewußt wurde und eine Hochblüte humanistischen Geisteslebens erfuhr. Wolfgang Lazius, der Arzt und Polyhistor, schrieb die erste, 1546 gedruckte Geschichte der Stadt. Darin nannte er aus seiner Epoche bereits vierzehn größere Gasthöfe. Das „erste Haus am Platz" war der „Goldene Hirsch" in der Rotenturmstraße. Während jener Ära konzentrierten sich die Beherbergungsstätten vor allem entlang der Nord-Süd-Verbindung, mit der Stephanskirche als Zentrum. Mundpropaganda sicherte diesen Gasthöfen als Treffpunkten bestimmter Gruppen rege Frequenz. Lazius vermerkte, das „Gulden Lämmel" sei das bevorzugte Ziel der Steirer und der Kärntner, während sich die Wällischen im „Roten Kreussen" (Krebsen) zusammentäten und der „Guldene Löwe" von den Ungarn ebensogern aufgesucht werde wie der „Schabenrössel" (Schabdenrüssel) von den Böhmen. Die Schlesier und Mährer hingegen seien im „Braunen Lämmel" zu finden, die bayerischen und schwäbischen Kaufleute nähmen im „Kölnischen und Regensburger Wirtshaus" Quartier, die Donauschiffer aber in der „Goldenen Sonne", die sich in der Rotenturmstraße befand, und im „Weißen Rössel". (So früh schon taucht der heute weltberühmte Name im Österreichischen auf!) Diese Angaben zeigen, daß sich bereits damals ein gewisser landsmannschaftlicher Zusammenhalt in der fremden Stadt ergab und wie sehr sich der Zuzug aus näheren und ferneren Ländern intensivierte.

Im selben Jahr wie die Stadtgeschichte des Lazius erschien der erste Plan Wiens von dem aus Nürnberg gebürtigen, seit 1544 in der Stadt tätigen Kupferstecher und Kartografen Augustin Hirschvogel. Und 1547 bot ein anderer Humanist, der überaus gelehrte Schulmeister des Schottenstiftes· Wolfgang Schmältzl, selbst ein Zugereister aus der bayerischen Oberpfalz, die erste genaue, bildhafte Schilderung der Sitten und des Lebens in Wien unter einem weitschweifigen Titel, wie die Zeit sie liebte: „Ein Lobspruch der hochlöblichen und weitberümbten Küniglichen Stat Wienn in Österreich / welche wider den Tyrannen und Erbfeind Christi nit die wenigst / sonnder die höchst Hauptbefestigung der Christenhait ist." Das Werk, in Versen abgefaßt, steht am Anfang einer sehr langen Reihe der kulturhistorisch bedeutsamen Viennensia. Ganz bewußt ging der Autor von der Absicht aus, dem fremden Leser die Stadt, die er selber, der Schottenschulmeister, liebengelernt hatte und als seine neue Heimat betrachtete, recht anschaulich - und auch verlockend - zu schildern. Schmältzl beschrieb auf Grund eigener Erlebnisse die Ankunft auf dem Donauschiff, die ihn schon mit Staunen erfüllte. Beim Tabor wurde gelandet und die Maut bezahlt, die zur Hälfte dem König und zur anderen der Stadt zustand. Sein Weg, auf dem er mancherlei Eindrücke des wohlgeordneten Gemeinwesens empfing, führte ihn ins Zentrum, und davon heißt es in einer sorgfältigen sprachlichen Neufassung des Textes durch August Silberstein (1892):

Ans Lugeck kam ich von ungefähr,
Da gingen Kaufleut hin und her,
In fremder Kleidung bunterlei,
Und sprachen fremde Sprachen dabei,
Ich dacht, ich wär nach Babel kommen,
Wo Sprachenwirrnis Anfang genommen,
Und hört ein seltsam Getratsch, Geschrei,
Auch schöne Sprachen mancherlei.
Hebräisch, Griechisch und Lateinisch,
Deutsch, Französisch, Türkisch, Spanisch,
Böhmisch, Windisch, Italienisch,
Ungarisch, gut Niederländisch,
Natürlich Syrisch, Kroatisch,
Serbisch, Polnisch und Chaldäisch.
Des Volks war da die große Menge,
Ich zog mich bald aus dem Gedränge.

Daraus ist zu ersehen, daß verhältnismäßig kurze Zeit nach der Belagerung durch Süleyman die Handelsbeziehungen mit der Levante im Leben Wiens einen wichtigen Platz einnahmen. Türkische und griechische Kaufleute in ihren typischen Trachten gehörten auf Jahrhunderte hinaus zu den vertrauten Erscheinungen im Straßenbild. Dabei hatten Fremde, wie schon Schmältzl erwähnt, bei ihrer Ankunft allerlei genaue Kontrollen zu passieren, ehe sie sich in der Stadt frei bewegen durften. Im übrigen waren Einheimische wie Zugewanderte auch bestimmten Regeln unterworfen, was das leibliche Wohl betraf. Die Renaissancemenschen liebten das Tafeln. Möglichst viel zu essen, richtig zu völlern, galt ihnen als ein Zeichen der Lebenskraft und der Daseinsfreude. Der Schlemmer, der sich im Kreis anderer vitaler Genießer an abenteuerlichen Gerichten gütlich tut, ist eine der markantesten Figuren der Epoche.

Ferdinand I. indes lehnte solch hemmungsloses Bankettieren, wie es vor allem bei Hochzeiten Usus war, ab. Deshalb traf er 1542 eine Verfügung, welche die Zahl der Gäste präzise beschränkte, je nach Stand und Lebensstil: Grafen und Freiherren durften fortan höchstens vierzig Personen zum Festmahl laden, Ritter, Bürger und Kaufleute nur vierundzwanzig, Handwerker und Bauern sechzehn. Der Herrscher fand, daß die ausgelassene Stimmung in großer Gesellschaft sittenlockernd wirke und die Unmäßigkeit fördere. Natürlich vor allem beim Trinken. Eine Beobachtung, die gegen Ende des Jahrhunderts Rudolf II. bewog, sogar das häufige Zuprosten zu verbieten, weil es zum Saufen verleite und jenes Übel sei, das vielen Zechern die Besinnung raube, sie zu Raufhändeln und anderen Exzessen hinreiße. Natürlich konnte der Kaiser diese Bestimmung nicht überall durchsetzen und überwachen lassen, aber zumindest in Hofkreisen wurde sie strikt eingehalten.

Damals kam es auch schon zu gewissen Differenzierungen der Gasthöfe, zu ersten Bestrebungen, den Gästen einigen „Komfort" zu bieten – natürlich nur in wenigen Häusern, die von Adeligen und vornehmeren Reisenden frequentiert wurden. Dort gab es in der zweiten Hälfte des 16. Jahrhunderts bereits eigene Fremdenzimmer und Speiseräume, in denen die Tische gedeckt waren und auf Steingut- oder Zinngeschirr serviert wurde. Den Wein trank man aus Zinnbechern oder sogar Gläsern, und wenn der Wirt Gabeln auflegte, bewies er dadurch, daß er mit der Zeit ging. Denn dieses Utensil war eine zivilisatorische Errungenschaft der Hochrenaissance.

In den meisten anderen Herbergen steckte man, was die Verhältnisse betraf, freilich noch tief im Mittelalter. Gemeinsame Schlafsäle waren das übliche, und das Essen kam in großen Schüsseln auf den Tisch. Jeder Gast erhielt bloß einen Holzlöffel und langte damit zu, wie es in manchen Bauerngegenden noch bis in unser Jahrhundert Brauch war. Als Randbemerkung, wiewohl bezeichnend für die Zustände: morgens sperrte der Wirt das Haustor erst auf, wenn sämtliche Gäste ihm bestätigt hatten, daß ihnen nichts von ihrer Habe fehle . . .

Aus jener Zeit datieren auch die ersten Ansätze zur Meldepflicht. In einer 1594 erlassenen Verordnung Rudolfs II. ist für die „ab- und zureisenden Leuthe" festgelegt: „Auch die Würth, Gast- und andere Häuser, bei welchen allerley Leuth und Nationen einkehren, sollen täglich Zetel derer, so sie beherbergen, mit Skizzierung ihrer Verrichtung und was sie seyen, auch woher sie kommen, einreichen."

Der nächste Schritt zu einem System war die Gastwirteordnung, die Kaiser Ferdinand II. am 7. März 1633 erteilte. Obwohl den Herrscher damals gewiß viele andere Sorgen plagten, beschäftigte er sich dennoch auch mit Fragen des heimischen Gastgewerbes, was wir als einen Beweis dafür nehmen dürfen, daß solche Themen trotz der Kriegshändel aktuell waren, um so eher, da der Verlauf der Operationen die Stadt Wien nie unmittelbar in Mitleidenschaft zog. Die Präambel des Dokuments ist in jenem Ton gehalten, den man einst „huldvoll" zu nennen pflegte. Sie lautet:

„Entbieten allen und jedem, was Würden und Standes sie seyn, so in Unserer österreichischen Residenzstadt Wien ankommen, wie auch insonderheit den allhiesigen in und vor unserer Stadt sich befindenden bürgerlichen Taffelwürthen und Gastgeben unsere Gnad und alles Gutes."

Sodann ging der Kaiser auf Einzelheiten der Preisgebarung ein. Ihm war zur Kenntnis gelangt, daß sich Gäste beschwert hätten, vor allem die Werber, die in den Gasthöfen Rekruten für die Feldregimenter vergatterten. „Sie würden nämlich von manchen Würthen in der Raitung (Rechnung) über Essen und Trinken, Fütterey und Stallmauth dermaßen übersetzt (überhalten), dass ihnen das für die Werbung nöthige Geld für Unterkunft und Zehrung aufgehe." Ferdinand warnte die Wirte. Als der erzfromme Katholik, der er war, betont er, derlei üble Kniffe zur Bereicherung verstießen gegen jegliche Christenpflicht, zumal in einer Zeit wohlfeiler Beschaffung. Daher befehle er, der Kaiser, den Wirten „allen Ernstes und unter Androhung von Leibes- und Gutsstraffen, dass sie hinfüro keinen Gast mit übermässiger Raitung beschwären. Sie sollen vielmehr jeden, wie es von ihm begehrt wird und seinem Stande entspricht, um einen billigen Pfennig, darbey sowohl Wirth als Gast bestehen mögen, mit geziemlicher Speis und Trank versehen, dem Gast auch nicht, wie es bisher geschehen, für sich und die Seinen die Rechnung in Pausch machen, wenn er dies nicht selbst verlangt, sondern ihm täglich specificirten Auszug geben."

Somit erhellt diese Verfügung als Korrektur eingerissener Mißstände zugleich manche Praktiken der damaligen Wirte – Usancen im übrigen, die gewiß nicht auf Wien beschränkt waren. Zudem muß dieses Sittenbild in seiner Gesamtheit betrachtet werden. Seine Majestät wußte nämlich andererseits auch von jenen schändlichen Zechprellern, die oft wochenlang in einem Gasthof hausten und schmausten, um sich zu schlechter Letzt einfach davonzustehlen. Schnöde blieben sie in der Kreide, und der Wirt war in der Tinte. Es kam auch vor, daß sie dem Wirt Außenstände zedierten, die sie selbst angeblich in der Stadt hatten. Und so lautet die Allerhöchste Entscheidung: Mache ein Gast Miene, die „in billiger Weise" ausgestellte Rechnung nicht zu begleichen und sich zu entfernen, dann sei der Wirt ermächtigt, sich an Rössern und Reisegepäck schadlos zu halten, daß heißt, sie vorderhand zu beschlagnahmen. Kam es zu Streitfällen, weil der Wirt auf seiner Forderung beharrte, der Gast indes sich weigerte, zu bezahlen, weil ihn die Rechnung eben „übersetzt" dünkte, dann sollte „unser sonderlich lieber und getreuer Bürgermeister und Rat unserer Residenzstadt Wien angerufen werden, dem die Handhabung dieses Generales aufgetragen ist".

Mit den in der Wirtsordnung erwähnten „Taffelwürthen" sind wohl die Weinwirte gemeint, die mittags und abends warme Speisen verabreichen konnten, die Bürger hingegen, die Eigenbauwein ausschenkten, durften nur Kaltes als „Zubeiss" servieren, und die „Stadtköche" vollends unterlagen dem strikten Verbot, Wein und Bier zu führen. Bier erfreute sich in der Weinstadt Wien schon seit dem Mittelalter großer Beliebtheit. Das größte Brauhaus war jenes des Bürgerspitals, das über nicht unbeträchtlichen Realbesitz verfügte und einen aktiven Wirtschaftskörper bildete. Ein bezeichnendes Detail: aus den Brauereieinkünften bestritt das Bürgerspital einen Großteil seiner Aufwendungen für mittellose Pfleglinge. Reine Bierschenken wurden rege frequentiert, auch deshalb, weil dort das Pfeifenrauchen erlaubt war, eine Sitte, die sich, während des Dreißigjährigen Krieges von den Soldaten übernommen, immer mehr einbürgerte.

An sich galt noch immer die Regel, daß jeder Bürger Fremde in seinem Haus beherbergen konnte, in der Praxis aber ging diese Aufgabe immer mehr an die gewerblichen Einkehrwirte über, denn die Umschichtungen im Reiseverkehr bedingten verhältnismäßig große Stallungen und Remisen, die auch ein Patrizier nicht ohne weiteres zur Verfügung hatte. Mit dem 17. Jahrhundert begann die Epoche des Wagens als Beförderungsmittel über erhebliche Distanzen. Den Personentransport übernahm in erster Linie die Post. Das Amt des Obersten Hofpostmeisters hatte Kaiser Ferdinand II. durch ein Diplom vom 4. September

1624 dem Freiherrn Hans Christoph von Paar zu Krottenstein und Hartberg als Manneslehen übertragen, der Aktionsbereich dieser „Paar'schen Post", wie sie fortan genannt wurde, umfaßte die Erzherzogtümer ob und unter der Enns und die Königreiche Böhmen und Ungarn. Außerdem bestand die Möglichkeit, bei Fuhrwerkern für Reisen „Landkutschen" zu mieten. Ganz zu schweigen von den Privatkutschen des Adels – eine Entwicklung, die zugleich einen rund zwei Jahrhunderte andauernden großen Aufschwung des Wagnerhandwerks einleitete, das solchen stetig steigenden Bedarf mit florierender Erzeugung und technischen Verbesserungen zu decken hatte.

Nun entstanden auch vor den Basteien Einkehrgasthöfe mit allen erforderlichen Nebengebäuden. Die meisten dieser Häuser etablierten sich in der Leopoldstadt, an den Ausfallwegen nach Norden und unweit der Anlegeplätze der Donauschiffe, und auf der Wieden, wo die Wirte mit dem Zuzug aus dem Süden und aus Ungarn rechnen konnten. Manche solcher Gasthöfe schufen sich bald den Ruf, den Quartieren in der Innenstadt durchaus gleichwertig und somit absolut konkurrenzfähig zu sein. An erster Stelle das „Gulden Lämbl" bei der Ausmündung der heutigen Praterstraße. Für die Güte dieses Hauses spricht die Tatsache, daß 1665 der erste Botschafter des Sultans auf Geheiß des Hofes dort Wohnung erhielt, und natürlich durfte man ihm und seinem Gefolge punkto Quartier und Bewirtung nichts abgehen lassen. Demnach war im „Gulden Lämbl", den damaligen Verhältnissen entsprechend, bestens vorgesorgt. Zur Zufriedenheit der hohen Herren aus der Türkei und der Hofburg, denn auch im weiteren – nach der Belagerung – blieben die türkischen Geschäftsträger, die ja noch keine ständige diplomatische Vertretung in Wien hatten, dem „Gulden Lämbl" treu. Ob die Moslems angesichts der Weinfässer und der landesüblichen Bräuche das mohammedanische Alkoholverbot immer strikt einhielten, ist freilich nicht urkundlich überliefert.

III

## IN DER BAROCKEN WELTSTADT

Kurz vor dem Ende des 17. Jahrhunderts führte Kaiser Leopold I. die reguläre Meldepflicht ein. Die Obrigkeit wollte damals nicht bloß die Personaldaten der Gäste wissen, sie war äußerst gründlich, denn, so lautete die Verordnung: „Niemand, er mag ein Wirt oder Gastgeb oder sonst wer seyn, darf einen Fremden über Nacht behalten oder ihm gar längeren Aufenthalt als Kostgänger oder Bettgeher gewähren, er wisse denn Herkunft, Name, Stand und Condition des Fremden, die Ursach seines Dahierseyns und woher er die Lebens- und Existenzmittel nehme." All dies sei sogleich aufzuzeichnen und das Dokument in der Stadt dem Bürgermeister, in den Vorstädten dem zuständigen Richter zu übergeben. Da ferner Fremde, um nicht als solche erkannt zu werden, oft schon in den Vorstädten den Landkutschen oder ihren eigenen Fahrzeugen entstiegen, um in „Kobelwagen" (Streifwagen mit Plachendecke) oder gar zu Fuß sich in die Stadt zu verfügen, wurden die Lohnkutscher und Fuhrleute angewiesen, Namen, Geburtsort und Stand des Passagiers zu notieren und bei der Ankunft unverweilt dem Bürgermeister zu melden – eine Bestimmung, die voraussetzte, daß jeder, der auf einem Kutschbock saß, des Schreibens kundig war.

Anno 1701 trat einer der ersten jener Autodidakten in Erscheinung, die sich aus spontanem Interesse für die Sache als Topographen betätigten. Vieles, sehr vieles der Wiener Stadtkunde und -forschung ist solchen Männern zu danken, die privat sammelnd bestimmte Sachgebiete dokumentierten. In diesem Fall war es ein „kaiserlicher Oberhoff-Postambts-Taxbriefträger" namens Johann Jordan. Sein Werk: das erste Häuserverzeichnis Wiens, er publizierte es unter dem Titel „Schatz, Schutz und Schantz" – die Formulierung offenbart des Verfassers Sinn für Wortklang und Wortspiel, sie ist, wenn man will, geradezu journalistisch. Wie seine Nachfolger als Topographen muß der treffliche Jordan sein Material straßauf, straßab redlich erwandert haben, was freilich, buchstäblich, mit seinen Berufspflichten einherging. In seiner Bestandsaufnahme gab er insgesamt 58 Gaststätten an, allerdings ohne genauer zu spezifizieren, welche davon zur Beherbergung Fremder eingerichtet waren. Eines indes läßt sich daraus ablesen, was auch für die Zukunft Gültigkeit haben sollte: das Faktum langen Bestandes in ungebrochener Folge der Generationen.

So finden sich von den vierzehn Einkehrgasthöfen, die bereits Wolfgang Lazius erwähnte, bei Jordan etwa noch ein Drittel verzeichnet. Aus den Namen diverser Neugründungen des 17. Jahrhunderts spricht wieder die bewußte „Wirtshausheraldik". Da gab es den „Weißen Wolf" in der Wolfengasse beim Fleischmarkt, auf der Brandstätte den „Blauen Stern", in der Seilergasse den besonders langlebigen „Matschacher-" oder „Matschakerhof", auf der Seilerstätte die „Königlich hungarische Krone", in der Kärntner Straße den „Wilden Mann" (ein generell sehr geläufiger Gasthofname, direkt aus der hohen Heraldik entlehnt, denn der Wilde Mann oder Waldmann, ein bärtiger zottiger Kerl mit Laubkranz und Keule, kommt häufig als Schildhalter vor). In der Renngasse standen die „Drei Hacken". Eine Sonderstellung nahm ein Gebäude ein, das zwar nicht, oder nur zum geringen Teil, der Beherbergung diente, wohl aber im Gesellschaftsleben des 18. Jahrhunderts ein Begriff wurde: die „Mehlgrube" auf dem Neuen Markt, ursprünglich das kommunale Mehldepot; in den Räumen des Obergeschosses feierten die Wiener Bürger den Fasching. 1698 ließ die Gemeinde den alten Bau abtragen und an seiner Stelle ein Barockhaus nach den Plänen von Christian Alexander Oeth und Georg Bowanger errichten, zweier Trabanten Johann Bernhard Fischers von Erlach. Oeth (auch Oedtl oder Oettel) war am Bau der Peterskirche sowie der Palais Batthyány und Trautson beteiligt, von Bowanger haben sich keine Werke erhalten.

Mit gewiß sehr primitiven stromnahen Bleiben in der Roßau waren die Donauschiffer und die Fischer zufrieden. Dort gab es das „Weisse Lämbl" - später nannte es sich „Goldenes Lämbl" (wie der renommierte Türkengasthof in der Leopoldstadt), nach dem die Leute die nahe Mautstelle bald die „Lamplmaut" hießen, und den „Schwarzen Pern" (Bären). In der Josefstadt war das „Grüne Tor" hervorzuheben, in den äußeren Vororten Simmering, Meidling, Hütteldorf und Heiligenstadt standen einige Gasthöfe für die über Land heranziehenden Fuhrwerker.

Wien, das die Türkengefahr endgültig aus bedrohlicher Nähe gebannt, die Pest und den Kuruzensturm überstanden hatte, erhob sich in jener Zeit zur „Vienna Gloriosa", zur Weltstadt des Barocks, eines Zeitalters, das bereits einer der bedeutendsten und gebildetsten Habsburger eingeleitet hatte: Leopold I., der gelehrte, belesene, komponierende und musizierende Kaiser, dem es nicht vergönnt war, seine Regierungszeit zu so glanzvoller, friedlicher Entfaltung zu bringen, wie er es gewünscht und auch vermocht hätte. Seine Epoche war das Barock des schwarzen „spanischen Mantelkleides", der symbolhaft ernsten Hoftracht. Ein Barock, das architektonisch noch im Überkommenen beheimatet war. Nun aber schuf es sich seine eigenen, stark dem Theatralischen verhafteten Ausdrucksmittel und Kulturformen.

Wien war nun auf Dauer Kaiserresidenz, mit einer Präsenz des Herrschers nicht nur als Person, sondern auch als Symbol, wie sie vordem nicht gegeben war, selbst wenn der erzfromme Ferdinand II. in der Hofburg saß, die zu seinen Zeiten tatsächlich noch mehr einer Burg denn einem Palast glich. Die Anwesenheit des Hofes mit seinen vielen Funktionen, Erbämtern und Großwürden, die dem Hochadel zustanden, bedingte, daß die Aristokratie, in den Erblanden, in Böhmen, Mähren und Ungarn, begütert, jeweils mehrere Monate des Jahres in Wien verbrachte und sich deshalb hier ihre eigenen Residenzen schuf. Um 1700 weilten fünfzehn Fürsten- und zweiundneunzig Grafengeschlechter in der Hauptstadt, sie ließen ihre angestammten Häuser umbauen oder neue errichten, und in den seit 1704 von der äußeren Verteidigungszone des Linienwalles umgebenen Vorstädten entstanden nach und nach Gartenpaläste mit Parks nach der französischen Manier und phantasievoll gestaltete Lustgebäude. Unter städtischer Ägide erfolgte der Bau des Kärntnertortheaters, der ersten regulären Bühne Wiens. Seit dem 8. August 1703 erschien das „Wienerische Diarium", die erste Tageszeitung der Haupt- und Residenzstadt, in ungebrochener Tradition der Vorläufer der „Wiener Zeitung", die heute noch auf solche Kontinuität zu Recht stolz ist. Bezeichnend, daß sich anno 1704 eine Geistesgröße wie Gottfried Wilhelm Leibniz einige Zeit in der Stadt aufhielt und gerade hier eine Deutsche Akademie gründen wollte. Der große Philosoph war einer der ersten von vielen Besuchern, welche diese Vienna Gloriosa in ihren Bann zog. Ein guter Lateiner und witziger Kopf paraphrasierte übrigens den Ehrentitel zu dem Bonmot „Vienna venerosa aut ventosa" – das liebeslustige und windige Wien, womit er, sicherlich aus eigener Erfahrung, auf ein erfreuliches und ein – unverändert! – leidiges Phänomen der Stadt anspielte.

Ein eigenes Hofquartieramt sorgte für die ihrem Rang entsprechende Unterbringung von Standespersonen. Auf Grund eines Privilegs Kaiser Josephs I. wurde 1708 aus einem der alten Gasthöfe, nämlich dem „Roten Apfel" in der Singerstraße, der erste Wiener Beherbergungsbetrieb, auf den bereits – natürlich mutatis mutandis – die Charakteristik Hotel zutraf. Der Besitzer, er hieß Bissmann, stockte sein Gebäude schier zur doppelten Höhe auf, es umfaßte nun vier Geschosse, auch stattete er die Gasträume wie die Fremdenzimmer gebührend aus. Das war das erste Mal, daß ein Wiener Wirt wesentliche Umbauten und Erweiterungen durchführen ließ, um sein Unternehmen den veränderten Verhältnissen anzupassen. Als das neue Haus fertig dastand, suchte Bissmann um die Befreiung von militärischen und sonstigen Einquartierungslasten an, die ihm der Monarch als „sonderliche Gnad" bewilligte, zudem wurde der Wirt laut schriftlichem Hofquartierprivileg ermächtigt, seine Räumlichkeiten „zur extraordinaro Logir- und Beherbergung fremder ankommender Herrschaften, deren Minister, Officire und Beamten" zur Verfügung zu stellen. Die Bestimmungen enthielten die ausdrückliche Bedingung, daß Bissmann, sofern keine derartigen Gäste eintrafen, die vom Hofquartieramt „beschriebenen Stuck und Zimmer wochenweis an beliebige Mieter verlassen" könne. Wenn aber die Hofstelle Bedarf anmelde, müsse er dafür Sorge tragen, daß diese Logis „lähr" seien. Unter den „Herrschaften", deren Gefolge auch erwähnt wird, sind wohl Fürstlichkeiten, Botschafter und andere Personen hohen Ranges zu verstehen, und diese Regelung ist ein Beweis dafür, wie der Hofstaat darauf bedacht war, solche Gäste außerhalb der Hofburg ihrer Würde gemäß zu beherbergen. Bissmanns Unternehmen muß demnach derartigen Ansprüchen genügt haben. Zum anderen handelte es sich hier, modern ausgedrückt, um eine permanente Reservierung bestimmter Räume, bei denen der Hof die Vorhand hatte, so daß der Wirt im Bedarfsfall „gewöhnliche" Gäste einfach umquartieren mußte.

Das zweite Etablissement (im alten Sinn des Wortes), das bereits die Note des Noblen, des Treffpunkts feiner Leute erhielt, war die erwähnte „Mehlgrube", die nun eher einem der neuen Barockpaläste glich. Sie wurde sogar zu den schönsten Gebäuden Wiens gezählt, was angesichts der vielen damals entstandenen Prunkbauten an Adelspalais und Kirchen sehr viel heißen will. Die Mehlgrube wird in der zeitgenössischen Literatur als „öffentliche Auberge" des Magistrats bezeichnet, demnach müssen zumindest einige Fremdenzimmer existiert haben. Die Hauptattraktion aber waren drei Speisesäle – in dieser Form damals in Wien auch ein Novum – und der große Tanzsaal, der Berühmtheit erlangte, als ein gewisser Signor Accriboni, früher Garderobenmeister des Prinzen Eugen und mit dem Geschick des Impresario begabt, ab 1726 dort die Nobelbälle Wiens veranstaltete. Es waren geschlossene Veranstaltungen für den Adel, die im Volksmund bald „Ahnenbälle" hießen.

Eine epochale Leistung des karolinischen Zeitalters, das sich nicht im Festlichen, Allegorischen und Theatralischen erschöpfte, nicht nur zu pompösem Aufzug Triumphpforten erbaute, sondern auch in der Realität der Verwaltung und der Wirtschaftspolitik bahnbrechend wirkte, war die den Fernverkehr enorm erleichternde Verbesserung und der großzügige Ausbau des Straßenwesens. Noch unter Leopold I. wurden oft Klagen über den erbärmlichen Zustand der Verkehrswege laut, es fehlte ein umfassendes, konsequent eingehaltenes Konzept, die Instandhaltung beschränkte sich jeweils darauf, besonders arg zugerichtete Partien zu planieren und wieder befahrbar zu machen. Dieses systemlose System des Stück- und Flickwerks war – unbeabsichtigt – geradezu ein Schulbeispiel ständiger Arbeitsbeschaffung, denn sobald man mit einer Etappe glücklich wieder fertig geworden war, hatten im Anschlußteil die schweren Frachtfuhrwerke die Trasse vielfach durchfurcht.

Nun wurde nach dem Bau der Laxenburger Straße, zur Sommerresidenz und zu den Lieblingsrevieren des Kaisers, mit der Anlage der „Reichs-" oder „Kaiserstraßen" begonnen. Diese Routen, die im wesentlichen bis 1735 vollendet waren, strahlten sternförmig von der Residenzstadt aus. Es waren: die „Linzer" Straße als Hauptverbindung nach dem Westen, in Richtung der Krönungsstadt Frankfurt am Main, die „Böhmische" nach Prag, die „Mährische" nach Brünn, die „Grazer" mit dem Fernziel Triest (wo heute noch auf der Piazza Unità ein Denkmal Karls VI. steht), die „Ungarische" zu der damaligen Königsstadt Preßburg, die „Kroatische" in den Raum um Ödenburg.

Beim Bau der Grazer Straße galt es, das natürliche Hindernis des Semmerings zu überwinden. Zwar war der Paß seit je ein rege frequentierter Handelsweg, aber realiter nicht viel mehr als ein schwer zu bewältigender steiniger Saumpfad, so daß Leopold I. anno 1660 auf dem Weg zur Erbhuldigung in Graz und Klagenfurt die gewichtigen Hofwagen mit zusätzlichem Ochsenvorspann hatte versehen lassen müssen, was zwar gar nicht dekorativ, aber bei den gegebenen Steigungen unbedingt nötig gewesen war. Unter Karl VI. wurde, so unglaublich es klingt, 1728 in der kurzen Frist von nur achtundvierzig Tagen eine Paßstraße gebaut. „Ihro Majestät selbsten verwunderten sich hierüben", schrieb ein Zeitgenosse über diese beachtliche Arbeitsleistung.

Im Jahr 1730 ging bereits einmal wöchentlich die „Stellfuhr" der Post nach Graz. Für diese Strecke gab es bereits einen regelrechten „Fahrplan", Ausgangsstation war der Gasthof „Zur goldenen Gans" beim Roten Turm - womit solche Einkehren auch eine verkehrstechnische Funktion übernahmen. Jeweils am Donnerstag um zwei Uhr nachmittags fuhr die Kutsche ab. Die Fahrt dauerte nicht ganz zwei Tage. Am Dienstag gings retour nach Wien. Reisende aus dem bayerisch-oberösterreichischen Raum benützten vielfach die Möglichkeit, auf Donaufrachtschiffen mitzufahren, meist den sogenannten „Hohenauern" oder den „Kelheimern", Ruderschiffen, die mit Gütern, vor allem Bruchgestein, Holz, Salz und Bier, vollgeladen stromabwärts zogen. Die Frequenz auf der Donau betrug jährlich etwa 7 000 Fahrzeuge verschiedener Größenklassen. Wegen der Beengtheit an Bord war die Fahrt kein sonderliches Vergnügen, zumal die Reise sechs Tage dauerte. Am Sonntag legte so ein Kahn in Regensburg ab, am Freitag traf er in Wien ein. Günstiger, aber freilich teurer war man dran, wenn man einen der kleineren, aber flotteren Kelheimer mietete, sozusagen ein „Charterschiff", das man nur mit einer Handvoll Leute teilen mußte - dem Schiffsmeister, seinem Knecht, einer Köchin und den Ruderern, das waren „Zeitverpflichtete", nämlich wandernde Handwerksburschen, die sich mit dieser Tätigkeit die Freifahrt bis Wien verdienten.

Sie zählten freilich nicht dazu, wenn das „Wienerische Diarium" es sich zur Aufgabe machte, wöchentlich zu vermerken, welche Personen von Distinktion in Wien eingelangt waren und in welchen Gasthöfen sie logierten - die Einrichtung der Fremdenliste, die später allgemein Usus wurde, namentlich in den eleganten Badeorten.

Exotische Gäste mit Diplomatenstatus, die immer viel Aufsehen erregten, weil sie schier opernhaft mit fremdartigem Gepränge auftraten, wurden, wie die Türken im „Gulden Lämbl", auf kaiserliche Kosten in der Vorstadt einquartiert. Als 1727 der erste tripolitanische Gesandte seinen Einzug hielt, wies ihm der Hof den „Blauen Bock", der sich in der jetzigen Dreihufeisengasse befand, als Quartier zu. Seine Nachfolger hingegen logierten 1749 und 1750 im „Scharfen Eck" (so benannt nach einer Biegung des Donauarmes) im damaligen Oberen Fall, heute Obere Donaustraße. Derartige Geschäftsträger kamen ja immer jeweils nur zu Verhandlungen als Bevollmächtigte der Herrscher von Ländern, die in der Residenzstadt des Heiligen Römischen Reiches keine ständigen diplomatischen Vertretungen unterhielten.

Je älter das 18. Jahrhundert wurde, desto mehr verstärkte sich der Einsatz der Post zur Personenbeförderung. Die Postkutscher fuhren vierspännig, sie waren durch ihre Uniform, besser: Livree, als Amtsorgane hervorgehoben, durften die Reichs- und Poststraßen benützen und waren an einen genauen Fahrplan gebunden, der den Pferdewechsel in ständig besetzten Poststationen vorsah. Daneben gab es nach wie vor die Land- und Lehenskutscher als Fuhrwerkergewerbe. Daß gerade sie auch zuweilen mit offiziellen Aufträgen betraut wurden, erhellt aus der Tatsache, daß sie 1721 Karl VI. aus Prag nach Wien gebracht hatten. Da jedes Landkutscherunternehmen maximal nur zwanzig Pferde halten durfte, mußte für die Kaiserreise ein ganzes Konsortium in Aktion treten.

Unlautere Konkurrenz hingegen machten der Post die „Zeiselwagen", die im 18. Jahrhundert aufkamen. Trotz des freundlich klingenden – bis heute nicht gedeuteten – Namens waren das Fahrzeuge, denen sich ein Fremder von einigem Renommée gewiß nicht anvertraut hätte, höchstens ein wandernder Studiosus mit schmalem Säckel. Sie waren nichts anderes als ländliche Leiterwagen mit seitlich angebrachten Sitzbrettern und einer Plache und durften in der Umgebung Wiens verkehren,

*M. Neubauer, Einkehrgasthaus „Zur goldenen Birne", Landstraßer Hauptstraße 63 (neu 31), 1840*

*K. k. Eilpostwagen, 1825*

*Hotel „Stadt London", Lithographie gedruckt bei Eduard Sieger (a. d. Stelle der heutigen Postsparkasse)*

*Hotel „Austria", anonymer Holzstich*

*Der Bahnhof der Kaiser-Ferdinands-Nordbahn (Bez. Leopoldstadt) (alter Nordbahnhof), anonymer Holzstich*

*Personenhalle des Wiener Hauptbahnhofes (alter Westbahnhof), farbige Lithographie, Vlg. v. L. C. Zamarski u. C. Dittmarsch in Wien*

*Gasthof „Zum schwarzen Rössel", Grundsteingasse in Neulerchenfeld, Federzeichnung von Victor Stöger*

doch das genügte den Besitzern auf die Dauer nicht. Also erweiterten sie eigenmächtig den Radius, fuhren etwa bis St. Pölten und wechselten unterwegs die Pferde, womit sie Vorrechte der Post verletzten und sich gefallen lassen mußten, daß die Obrigkeit sie zurechtstutzte. Im weiteren Verlauf wurden die Zeiselwagen wegen der geringen Fahrpreise aber doch sehr populär und setzten sich für Touren zu Nahzielen bei breiten Volksschichten durch, die keine Ansprüche der Bequemlichkeit stellten und es zufrieden waren, für wenig Geld in dem stößigen Gefährt dahinzuholpern. Bis Mödling oder Klosterneuburg war es ja bald überstanden.

Wien war vom Kärntner Tor bis zum Roten Turm, von der Löwelbastei bis zur Stubenbastei ganz leicht zu Fuß zu durchmessen; indes das Dekorum gebot einem Kavalier, ob Ausländer oder Einheimischem, selbst solche Strecken tunlichst zu fahren. Deshalb schlug schon im Barock die Stunde der Mietwagen für den innerstädtischen Verkehr, die sich zu einer bodenständigen Institution entwickeln sollten: die Fiaker. Die Anregung wie auch die Bezeichnung stammten aus Paris, wo das Haus des ersten Lohnkutschenunternehmers unter den Schutz des heiligen Fiacrius gestellt war, eines französischen Eremiten und Klostergründers des Mittelalters. Anfänglich war der Stand-, nein Sammelplatz der Wiener Fiaker die Freyung, dort drängten sich die Wagen dermaßen, daß schließlich ein Verbot erlassen wurde. Sie mußten die Freyung räumen und im Haus ihre „Fuhr" abwarten, zu welchem Zweck sie eine Tafel aushängen durften. In der theresianischen Ära gehörten sie bereits zum vertrauten Stadtbild. Eine überraschend modern anmutende Bestimmung datiert aus dem Jahr 1755, sie machte die Fuhrwerksbesitzer für Schadensfälle bei zu schnellem Fahren haftbar. Um Verkehrssünder eruieren zu können, die ungerührt davonrasselten, verfügte die Obrigkeit ein Jahr später, die Lohnkutschen deutlich sichtbar zu numerieren, eine Vorschrift, die gültig blieb, solange die Fiaker ihre dominierende Stellung innehatten, weshalb sich später als höhere, vornehmere Kategorie die in der Literatur der

Schnitzler-Zeit oft en passant erwähnten „Unnumerierten" sonderten. Anno 1760 durften die Fiaker wieder Standplätze beziehen, und zwar auf der Freyung, vor der Stallburg, auf dem Graben, auf dem Franziskanerplatz, vor der (Alten) Universität, auf dem Neuen Markt, beim Roten Turm und beim Bürgerspital (nicht mit der im ersten Kapitel erwähnten Krankenanstalt identisch, sondern ein weitläufiges Bautenkonglomerat im Bereich der Kärntner Straße, das zu Wohnzwecken umgewidmet wurde). Damals verteilten sich an diesen Punkten, sofern nicht gerade unterwegs, insgesamt rund 30 Wagen. Der rege Bedarf bewirkte eine enorme Vermehrung und damit ein beträchtliches Ansteigen der Verkehrsdichte. Um 1790 boten bereits nicht weniger als 616 Fiaker ihre Dienste an. Die Fremden, das Hauptkontingent ihrer Fahrgäste, äußerten sich durchaus lobend. Einer von ihnen, der ungarische Graf Johann Fekete de Galántha, ein Josefiner, der sich selbst zu Recht einen Weltbürger nannte, meinte: „Die Fiaker sind den französischen unbedingt überlegen, sowohl durch die Bequemlichkeit der Fahrzeuge wie die Güte der Gespanne." Indes: über das Logis für Fremde urteilten Fekete und dessen Zeitgenossen keineswegs so günstig. Im Gegenteil!

## IV

## WIRTE UND IHRE ERBOSTEN GÄSTE

Ein wichtiges Phänomen der europäischen Kulturwelt der zweiten Hälfte des 18. Jahrhunderts war die „Kavalierstour", die Bildungsreise junger Herren aus adeligen oder vermögenden Bürgerhäusern, um im Anschluß an ihre Studien fremde Länder aus eigener Anschauung und das Wesen anderer Völker aus persönlicher Erfahrung kennenzulernen. Solche Erlebnisse und Eindrücke trugen zur Formung des individuellen Weltbildes wesentlich bei. Das berühmteste Beispiel, Goethes Italienische Reise, ist zugleich symptomatisch: die Kavalierstour führte aus Westeuropa oder Deutschland südwärts, in das Land des „klassischen Altertums", so daß unterwegs, vor der Überquerung der Alpen, wohl Innsbruck oder Salzburg berührt wurden, Wien hingegen abseits dieser Route lag.

Dafür war Wien um 1780 als Kaiserstadt und Zentrum des Josephinismus das Ziel zahlreicher Deutscher, die sich vorher in anderen Städten umgesehen hatten, also in der Lage waren, Vergleiche zu ziehen. Loco galt der „Weiße Schwan" auf dem Neuen Markt als ein Gasthof von Rang, „wo man mit Pferd und Wagen, auch mehrerem Gefolge beherbergt und zugleich mit Lehenlakaien und Stadtlehenwägen bedient werden kann". Das „Taschenbuch für Grabennymphen" lenkte die Aufmerksamkeit seiner Leserinnen besonders auf die Herren, die dort und im „Matschakerhof" abstiegen. Allein, wie urteilt ein Reisender aus Bayern, der es vorzog, als Autor anonym zu bleiben? Seine Schilderung entlarvt die Selbstüberschätzung. Er erklärt, just eben der „Weiße Schwan" sei ihm „als eine der besten Aubergen" empfohlen worden. „Mit der gespanntesten Erwartung und Sehnsucht nach Erholung stieg ich aus dem Wagen, mit der

Hoffnung, wie in Berlin eine zweite ‚Stadt Paris' oder wie in Dresden einen ‚Goldenen Engel', in Leipzig ein ‚Hotel de Saxe' zu finden, aber – wie sehr fand ich mich getäuscht; statt jener Eleganz, jener Bequemlichkeit, die auf jedes Bedürfnis berechnet ist, Eigenschaften, die man gleichsam die Kardinaltugenden jener Hotels nennen könnte, und die dem ästhetischen Sinn feinerer Reisender so wohl thun, vorzufinden, fand ich in obegenanntem Hause gerade das Gegentheil von allem diesem."

„Ein äusserst ekelhafter Geruch bewillkommnete meine Geruchsnerven, ein schmutziger Hofraum, wo sich die Küche nahe den Viehställen befand, both sich meinen ersten Blicken in der Perspektive dar. Unreinliche und schmale Treppen führten zu meinem Zimmer und die Dienerschaft des Hauses harmonierte mit dem Ganzen. Ich fühlte mich in meinen gespannten Erwartungen so unangenehm enttäuscht, dass ich von einem nicht geringen Grad böser Laune beschlichen ward und zürnte in Gedanken auf diejenigen, welche mir dieses Haus angeprisen hatten. Ich hätte mich sogleich nach einer anderen Auberge begleiten lassen, wann nicht ein rechtlicher Mann, auch ein Fremder, der meine Absicht zu errathen schien, sich mir genähert und mich versichert hätte, ich würde meinen Zustand durch eine Translocation keineswegs verbessern, denn Wien litte an guten Gasthöfen völligen Mangel. Bey diesem allen gewinnt nicht einmal die Kasse, denn die hiesigen Wirthe verstehen den Calcul eben so gut als an anderen Orten und der Unterschied, den man etwa hier findet, besteht darinnen, dass man für vieles Geld sehr schlecht bedient wird."

Im Speiseraum gefiel es dem Bayern um nichts besser. „Ein Tischtuch, worauf noch die Spuren der gestrigen Abendmahlzeit zu sehen waren, sehr grobe Servietten, kurz, der ganze Tischapparat war nichts weniger als Appetit anregend. Kaum hatte ich an der fast vollzähligen Tafel Platz genommen, als ein dienstfertiger Kellner sogleich hinter meinen Sessel trat und mir mit einer unbeschreiblichen Zungenfertigkeit den ganzen Küchenzettel dieses Mittagsmahles, der wenigstens aus dreyssig

Speisen bestand, her harangirte." (Haranguieren: verlockend darstellen.)

Übereinstimmend äußerte sich der bereits zitierte Graf Fekete de Galántha: „Es ist beschämend für die Hauptstadt eines großen Staates, daß die kleinste Stadt im Reiche reinlichere und besser geführte Herbergen aufweist als Wien, von Frankreich oder anderen Ländern ganz zu schweigen. Hier herrscht in allem, was man Gasthof nennt, der größte Schmutz. Wenn man nicht durch die Gewohnheit abgestumpft ist, kann man dort unmöglich wohnen oder essen, ohne Enkel zu empfinden.

Der große Zustrom von Menschen, die durch Geschäfte genötigt sind, nach Wien zu kommen, bewirkt es, daß diese unwürdigen Kneipen, bei deren Betreten der Magen sich sofort empört, trotzdem überfüllt sind. Da die meisten Provinzbewohner recht wenig auf Reinlichkeit halten, meinen sie, noch gut untergebracht zu sein, wenn sie ein von Ungeziefer, Fett und Staub starrendes Zimmer beziehen dürfen. Man reicht ihnen in schlecht gereinigtem Geschirr derbe Kost, die unter dem niederen Volk beliebt, aber noch immer eßbarer ist, als das in den Provinzen übliche mit Knoblauch oder geschmolzenem Speck zubereitete Futter. Ich staune, daß sich nicht ein paar Privatleute finden, die einige tausend Gulden wagen, um aus Menschlichkeit gegen die Reisenden jene unwürdigen Menschenschinder zugrunde zu richten, die uns die Unannehmlichkeit, ihre Ställe bewohnen zu müssen, mit Gold aufwiegen lassen. Man wird bei diesen Leuten schonungslos vergiftet, und ich lasse mich nicht davon abbringen, daß zwei oder drei gute Herbergen, auf französische oder reichsdeutsche Art geführt [der Ausdruck ‚reichsdeutsch' entstammt dem Sprachgebrauch der zwanziger Jahre unseres Jahrhunderts, als der Viennensia-Forscher Victor Klarwill Feketes im Original französisch geschriebene Schilderung übersetzte und edierte], die unverschämten jetzt bestehenden Buden dazu brächten, sich dem einmal gegebenen Vorbild zu fügen, wenn sie nicht ausschließlich von Fuhrknechten und dergleichen besucht sein wollen.

Der Fremde, der nicht lange genug in Wien bleibt, um dort ein Zimmer mieten zu können, würde nicht, wie heute, gezwungen sein, in diesen unwürdigen Schlünden des Unrats seufzend eine ebenso abstoßende Nahrung gleich teuer zu bezahlen, wie die Höhle, wo man ihm die Speisen vorsetzt, oder die Lagerstätte, die man ihm anbietet, um ihn gänzlich umzubringen, wenn er das Unglück gehabt hat, nicht sein eigenes Bettzeug mitzuführen."

Allzu subjektive Schwarzmalerei? Lassen wir, um die Zustandsbilder zum Triptychon zu runden, noch Johann Pezzl zu Wort kommen. Auch er, der zugewanderte Bayer, übte in seinem umfangreichen Buch „Skizze von Wien" herbe Kritik am Gros der hiesigen Unterkünfte der Zeit um 1780, und wir dürfen ihm Glauben schenken, denn er war in seine Wahlheimat geradezu vernarrt. Aber: „Ein Reisender, welcher die größeren Städte im Reich, in der Schweiz, in Frankreich besucht, findet daselbst Gasthöfe, die auf den hübschesten Straßen und Plätzen jener Städte liegen, welche bequeme Einfahrt, gute Treppen und lichte Zimmer haben. Derselbe Reisende geht nach Wien und vermutet, wie billig, in der Kaiserstadt wohl noch bessere Gasthöfe zu finden - er ist allemal in seinen Erwartungen getäuscht. Er ist in einer engen Straße, daß er nur mit Mühe in das Haus kommt. In demselben findet er einen unsauberen Hof, schon mit einer Wagenburg von zwanzigerlei Fuhrwerken überlagert, schmutzige finstere Treppen, viel Geschrei, Lärm und Verwirrung, dunkle Zimmer mit altväterischen oder gar keinen Möbeln eingerichtet. Den Wirt bekommt er entweder gar nicht zu sehen, oder er findet in demselben einen derben schlichten Bürger, mit einem klafterweiten Schmerbauch und braunem Kamisol, der ihm eine linkische Reverenz zieht und sich nicht weiter um ihn bekümmert. Was tut der Fremde bei diesen Umständen? Je nun, wenn er gesonnen ist, länger als acht Tage in Wien zu bleiben, so sucht er sich eine Wohnung in einem Privathause und verläßt so bald als möglich den Gasthof. - So dreht sich die Sache immer in diesem fehlerhaften Kreise:

die schlechte Einrichtung in den Gasthöfen macht, daß man nicht darin bleibt und dieser Abscheu vor den Gasthöfen macht, daß sie schlecht bleiben."

Der Kellner wird von manchen Gewährsleuten Erwähnung getan. Die Charakteristiken sind widersprechend. Johann Pezzl geriet an einen bornierten Kerl „in einem grünen Jäckchen, runden ungepuderten Haaren und schmierigem Vortuch", der dem ankommenden Fremden sein Zimmer zeigte, „als ob ihm gar nicht viel an einem neuen Gast gelegen sei". Franz Gräffer indes, der wunderliche Wiener „Antiquar" und schreibende Sammelsurier gibt uns ein anderes Bild. Die kurze grüne Jacke scheint damals typisch für das Bedienungspersonal der Gasthöfe gewesen zu sein, aber dazu trug der Mann, der Gräffer bediente, eine rote Weste, schwarze Kniehosen und gestreifte Strümpfe, die Frisur war ordentlich gepudert, mit Seitenrollen und Zopf - so adrett, daß man eine Kostümfigurine aus einer der Kupferstichserien des Wiener Volkslebens vor sich zu sehen meint. Das begab sich im „Wilden Mann" in der Kärntner Straße. Dort war eine „gustiöse Marmortreppe" eingebaut worden, doch war sie „ein heller, einladender Torweg in eine düstere Burg. Die Treppen waren entweder von Holz oder mit Läden belegt, und man glitt jeden Augenblick aus, denn wer kann denn auf verschütteten Suppen, Eingemachtem und Gemüsen einen sicheren Tritt machen? Dies war aber nicht die einzige Gefahr. Die Kellner, auf beiden weit ausgestreckten Armen aufgetürmt zwanzig bis dreißig Gerichte tragend, schossen pfeilschnell auf und ab, mitten durch die auf- und absteigenden Gäste, wo es denn unausweichlich manches Andenken absetzte."

Gräffer beschreibt auch einen Speiseraum, der wohl als exemplarisch für die Zeit und das Genre gelten kann: Es gab darin drei schwere alte Tafeln aus Eichenholz und um diese hochlehnige Stühle mit schwarzen Lederbezügen. „Solitärtische" fehlten. Im übrigen war das Zimmer völlig schmucklos bis auf Wandleuchter aus Messing, in denen Talgkerzen steckten.

Typisch auch, daß der Kellner aus dem Gedächtnis aufzählte, was zu haben war. „Der Mensch ist selbst der Speisentarif, denn es gab eigentlich noch keine Zettel, am wenigsten gedruckte", betont Gräffer. Was als Hinweis aufzufassen ist, daß im ausklingenden 18. Jahrhundert selbst in Stadtgasthöfen Speisekarten noch nicht üblich waren.

Dafür wurde sehr genau auf die Ausfüllung des Meldezettels geachtet, sogar in den primitiven Einkehren vor der Linie, wo die Vettern vom Land nächtigten, wenn sie einmal in die Stadt fuhren, was für sie immer ein abenteuerliches Unterfangen mit verwirrenden Begleiterscheinungen war. Der Eipeldauer alias Joseph Richter, der, nebenbei bemerkt, ganz und gar nicht das schlichte Gemüt war, als das er sich in seinen „brieflichen" volkstümlichen Sittenschilderungen ausgab, versetzte sich einmal in die Lage eines solchen einfachen Menschen aus dem Umland von Wien und schrieb: „Da ist ein Hausknecht kommen, der hat mich ein gnädigen Herrn g'heissen. Drauf hat er d'Schimmeln in Stall g'führt und da sind wir über eine finstre Stiegn, die wie der schnurgrade Weg voller Löcher und Gruben war, in ein stinkends Zimmer kommen. Hier hat er d' Stalllatern auf den Tisch g'stellt und drauf ein gedruckts Papier g'bracht. Da hab ich drauf schreiben müssen: Wie ich heiss: wo ich derheim bin: was ich für ein Karakti [Charakter, gemeint ist der Berufsstand] hab: ob ich ein junger Gsell sei, oder ob ich Weib und Kinder hab: ob ich katholisch oder lutherisch: was ich in der Wienerstadt will und ob ich lang da bleib, und das muss ein jeder aufschreibn, der in d'Wienerstadt kommt.

Das ist eine unvergleichliche Einrichtung, hab ich mir denkt, wenn sich d'Schelm und d'Dieb, sobald s' nach der Wienerstadt kommen, gleich selbst aufschreibn müssen, dass s' Schelm und Dieb sind."

## V

## FREMDENVERKEHR NACH DEM DIKTAT DER EREIGNISSE

Von den neunziger Jahren des 18. Jahrhunderts an durchlebte Wien eine Phase, in der man hier fast ein Vierteljahrhundert lang nicht recht zur Ruhe kam. Diese Epoche begann mit den Alarmnachrichten von der Französischen Revolution und endete, als die letzten der zahllosen offiziellen, halboffiziellen und privaten Besucher, die der Wiener Kongreß versammelt hatte, wieder nach allen Richtungen davonfuhren. Es war eine Zeit, in der, wie nie zuvor, äußere, welthistorische Ereignisse die Stadt in Atem hielten und die direkten oder indirekten Folgen - militärische Operationen, zweimalige Besetzung, Staatsbankrott und das erste große „Gipfeltreffen" - das Dasein der Bewohner, ihr Gemeinwesen und ihr Wirtschaftsgefüge positiv oder negativ beeinflußten.

Nach sehr kurzer Regierungszeit war am 1. März 1792 Kaiser Leopold II., der vormalige Großherzog von Toskana, gestorben. Ihm folgte nun sein ältester Sohn, Franz, auf den Kaiserthron. In Florenz geboren, war er in der strengen Zucht seines Onkels Joseph zum Wiener geworden, und das in allen Formen der Lebensführung so vollkommen, daß sein Volk in ihm den Wiener par excellence erblickte. Ohne in Wahrheit leutselig zu sein, wurde er populär als der oberste Hofrat seines Reiches, das er wie ein penibler Hausvater beherrschte. Sein fast bürgerlich zu nennender Charakter wirkte auf viele Domänen des Staats- und Volkslebens prägend ein.

Einer seiner hervorstechendsten Wesenszüge war das Mißtrauen, dieses Generationen überspringende habsburgische Erbe aus den Tagen Rudolfs II., nun in Verbindung mit einer bis zur Kleinlichkeit gesteigerten Pedanterie. Franz war vom Bewußtsein der Herrscherwürde und des Gottesgnadentums dermaßen durchdrungen, daß ihm der gewaltsame Sturz der bestehenden Ordnung in Frankreich und das blutige Ende des Königspaares einen schweren Schock versetzten, und die zweite, ihn direkt betreffende Umwälzung, der Zwang zur Aufgabe der uralten Kaiserkrone des zerfallenden Heiligen Römischen Reiches, trieb ihn in eine starre Abwehrstellung gegen Neuerungen und Einflüsse, welche den mühsam bewahrten Status quo hätten gefährden oder annullieren können. Daraus resultierte der franciscеische Konservativismus mit all seinen Begleiterscheinungen, die man damals bezeichnenderweise nicht mit der Person des Monarchen identifizierte, welcher „der gute Kaiser Franz" blieb, sondern dem Metternichschen System anlastete.

Für das Wien am Beginn seiner Regierungszeit bedeutete dies eine von höchster Stelle ausgehende und zuzeiten fast psychotisch grassierende Jakobinerfurcht. Die Obrigkeit witterte in allzu regem Zuzug das Einschleppen umstürzlerischer Tendenzen, argwöhnte das Einsickern von Agenten, Agitatoren, Geheimbündlern und abenteuerndem menschlichem Treibgut des politischen Wirrwarrs. Kommissäre jagten vermeintliche oder wirkliche Emissäre, stöberten im Gepäck neu eintreffender Fremder nach etwa verdächtigen Reiseeffekten, ob sich nicht vielleicht eine als Nachthaube getarnte phrygische Mütze fände. Die bereits 1784, unter Kaiser Joseph II., erlassene Paßvorschrift wurde bestätigt und streng gehandhabt.

Außerdem hatte Kaiser Franz zwar viel für die Rosenboskette im Schönbrunner Kammergarten, aber herzlich wenig für „Büchelschreiber" und Bücherfreunde übrig, am allerwenigsten für solche, die Schriften und Pamphlete unliebsamen, Österreich verunglimpfenden Inhalts einzuschmuggeln trachteten. „Platterdings", wie es in einer Verordnung von 1793 heißt, sollten aus dem Ausland heimkehrenden Untertanen solch brisante Druckwerke konfisziert werden. Fremden Passagieren war derartige Literatur gleichfalls abzunehmen. Sie blieb versiegelt bei der Behörde aufbewahrt, bis die Herrschaften wieder abreisten.

Natürlich konnte es vorkommen, daß das Beschlagnahmte dann halt „verlegt“ war ...

Dergleichen Erfahrungen machte Johann Gottfried Seume, der merkwürdige Wanderer, ehemaliger hessischer Soldat in Amerika, dann russischer Offizier und schließlich Schriftsteller, eine der abenteuerlichsten Figuren der Goethe-Welt, noch heute berühmt, weil er die damalige Reiseliteratur um ein sehr persönliches Werk bereicherte: „Spaziergang nach Syrakus im Jahre 1802“ – zu Recht so betitelt, da der Verfasser es in der Tat unternahm, zu Fuß von Dresden bis nach Sizilien zu marschieren. Über Prag gelangte er nach Wien, wo er bei Friedrich Heinrich Füger, dem Maler und Akademieprofessor, verweilte. Vorher aber hatte er beim Betreten der Stadt die Kontrolle zu passieren, und das spielte sich folgendermaßen ab:

„An der Barrière wurden wir durch eine Instanz angehalten und an die andere zur Visitation gewiesen. Ich armer Teufel wurde hier in bester Form für einen Hebräer angesehen, der wol Juwelen oder Brabanter Spitzen einpaschen könnte ... Mein ganzer Tornister wurde ausgepackt, meine weisse und schwarze Wäsche durchwühlt, mein Homer beguckt, mein Theokrit herumgeworfen und mein Virgil beschaut, ob nicht vielleicht etwas französische Contrebande darin stecke; meine Taschen wurden betastet und selbst meine Beinkleider bis an das heilige Bein durchsucht; Alles sehr höflich, so viel nämlich Höflichkeit bei einem solchen Processe stattfinden kann ... Meine Briefe wurden mir aus dem Taschenbuch genommen und dazu musste ich einen goldenen Dukaten eventuelle Strafe niederlegen, weil ich gegen ein Gesetz gesündigt hatte, dessen Existenz ich gar nicht wusste und zu wissen gar nicht gehalten bin: ‚Du sollst kein versiegeltes Blättchen in Deinem Taschenbuche tragen.‘ ... Übrigens ging Alles freundlich und höflich her an der Barrière, auf der Post und auf der Polizei. Wider alles Vermuthen bekümmerte man sich um uns nun mit keiner Sylbe weiter, als dass man unsere Pässe dort behielt und sagte, bei der Abreise möchten wir sie wieder abholen. Sobald ich meine

Empfehlungsbriefe von der Post wieder erhalten hatte, wandelte ich herum, sie zu überliefern und meine Personalität vorzustellen. Die Herren waren alle sehr freundschaftlich und honorirten die Zettelchen mit wahrer Theilnahme."

„Ich darf rühmen, dass ich in Wien überall mit einer Bonhomie und Gefälligkeit behandelt worden bin, die man vielleicht in Residenzen nicht so gewöhnlich findet", beteuerte Seume. Lediglich als er vor der Abreise in die „Italienische Canzlei" kam, um einen neuen Paß zu holen, wurde er dort vom Präsidenten genau befragt - stets in der dritten Person, per „er", wie es gewöhnlichen Leuten und Lakaien gegenüber Brauch war - und konnte dem Buerocratius kaum begreiflich machen, daß er gesonnen sei, bis Sizilien weiterzuwandern, um die Idyllen des Theokrit in der bukolischen Umwelt des Dichters zu lesen. Sei's drum, die Behörde mochte diesen Wunsch als Verschrobenheit auffassen, aber sie ließ den sonderbaren Schwärmer gewähren.

Um das Jahr 1800 gab es in der Innenstadt elf Gasthöfe, darunter alte Häuser wie den „Goldenen Hirsch" in der Rotenturmstraße, die „Dreifaltigkeit" in der Judengasse oder den „Matschakerhof". Je nach Ausstattung, Kapazität und Renommee schieden sich diese Betriebe allmählich in Güteklassen, wenngleich natürlich noch nicht nach der heute geläufigen Einteilung in Kategorien, sondern einfach nach der Konkurrenzfähigkeit. Viele der alten Fremdenquartiere, wo sich seit den Zeiten, als man vor den Türkenkugeln in den tiefen Weinkeller geflüchtet war, kaum etwas geändert hatte und über die, wie wir gesehen haben, Gäste zu Ende des 18. Jahrhunderts so vernichtend urteilten, gerieten vollends ins Hintertreffen. Eine jüngere, initiativere Generation von Wirten mit neuen, größeren, kurzum moderneren Unternehmen sicherte sich den Zustrom der p. t. Herrschaften, die man entsprechend zu bedienen suchte. Immerhin trafen, laut francisceischer Statistik, pro Tag zirka 300 bis 400 Personen per Postkutsche in Wien ein.

Zu diesen gründlich umgestalteten Häusern zählte etwa der

„Weiße Schwan". Die Metamorphose zum Besseren war das Verdienst des Wirtes Franz Anton Munsch, eines aus Niederösterreich zugezogenen tüchtigen Mannes mit Ambitionen. Seit er den Gasthof übernommen hatte, war es mit dem bisherigen Schlendrian vorbei. Munsch machte den Schwan urban. Im Obergeschoß standen nun zwei Extrazimmer zur Verfügung, der Eipeldauer sah sich darin um und lobte die Einrichtung: „Glastüren à la Hotel de Paris, schöne Trapperien [Draperien] und manefike [magnifique] Luster und Kandelaber, dann wunderschöne Tapeten und Oefen." Zudem war Munsch ein strammer Patriot und braver Untertan, half 1799 bei der Formierung des Wiener Aufgebotes mit und kochte 1809, vor der französischen Invasion, in seinem Lokal gratis für ein ganzes Freiwilligenbataillon. Er war einer der allerersten wirklich initiativen Repräsentanten des Wiener Gastgewerbes, auf seine Art ein Vorläufer Sachers, und dies prägte sich auch im Aufstieg seines Betriebes aus. Der „Weiße Schwan" wurde zum Anziehungspunkt für Gäste von Distinktion. So logierte dort etwa Napoleons geschworene Feindin, Madame de Staël.

Die Wirte nutzten bereits das Medium des Inserates, selbstredend in der amtlichen „Wiener Zeitung". Da gab der Besitzer des „Goldenen Greifen" in der Kärntner Straße bekannt, er sei in der Lage, Reisenden „Wohnung in einem, mehreren, ja auch nötigenfalls acht bis zehn niedlich, nach dem neuesten Geschmack meublirten Zimmern auf kurze oder längere Zeit einzuräumen". Diese Möglichkeit nahm 1799 die verwitwete ungarische Gräfin von Brunsvik mit ihren beiden Töchtern Josephine und Therese in Anspruch. Es war sogar ein Klavier vorhanden, denn Therese begegnete in dem Gasthof Beethoven, der ihr dort erste Lektionen erteilte. Sie berichtet, daß sie dem noch nicht Dreißigjährigen, der damals in Wien sehr erfolgreich als Pianist wirkte, zunächst vorspielte, um ihn für seinen „unschätzbaren Musikunterricht" zu gewinnen. „Das entzückte ihn so sehr, daß er versprach, täglich zu kommen. Und er kam fleißig, blieb aber statt einer Stunde von 12 oft bis 4 oder 5 Uhr. Der Edle muß sehr zufrieden gewesen sein, denn durch die 16 Tage blieb er nicht ein einziges Mal aus. Wir spürten bis 5 Uhr keinen Hunger. Die gute Mutter hungerte mit. Die Wirtsleute aber waren sehr entrüstet, denn damals war es noch nicht Sitte, um 5 Uhr abends zu Mittag zu speisen."

Nach wie vor lag ein Schwerpunkt des Beherbergungswesens in der Leopoldstadt, sie wies sogar mehr Gasthöfe als die Innenstadt auf. Erstes Haus am Platz war und blieb das „Goldene Lamm", wie das einstige „Gulden Lämbl" nun genannt wurde. Auch die Leopoldstädter Wirte nahmen, dem Zug der Zeit folgend, Umbauten und Veränderungen vor, modernisierten, stockten auf. Nach der Erhöhung seiner Fassade avancierte das bewußte erste „Weiße Rössel" zum „Weißen Roß", weil den Besitzer, so scheint's, die Bezeichnung im bodenständigen Diminutiv nicht mehr passend dünkte. In den Vororten freilich blieb man noch hinter der anlaufenden Entwicklung zurück und war nicht für Reisende mit einigen Ansprüchen eingerichtet, sondern wie eh und je für Fuhrleute, Marktfahrer und einfaches durchziehendes Volk, das nur wenig Geld ausgeben konnte und sich mit dürftigsten Verhältnissen zufriedengeben mußte. Zudem suchten solche Gäste fast immer bestenfalls für einige Nächte Quartier, wandernde Handwerksburschen etwa sprachen so bald wie möglich bei den lokalen Meistern ein.

Die Post hatte ihre Stallungen und Wagenremisen in der Ungargasse. Das Reisen per Kutsche konnte recht strapaziös sein, im Trabtempo, mit anderen Passagieren im engen Gefährt zusammengepfercht, der Zugluft ausgesetzt, die durch Türen und Ritzen des Vehikels drang, „ganz zerschüttelt an Hitze und ungeheuerstem Staub gequält", wie später der trotz all solcher Beschwernisse recht reiselustige Grillparzer schrieb. Im alltäglichen Verkehr gab es nicht selten Reibereien. Dies ging so weit, daß verfügt wurde, Bediente von Standespersonen dürften keine Kutscherpeitschen mitführen, weil es vorgekommen war, daß ein ergrimmter Lakai auf den Postillon und die Pferde eingeschlagen hatte. Andererseits fanden Passagiere immer wieder

Grund zur Beschwerde über die Rüdheit von Postkutschern und Posthaltern.

Kurz nach 1800 wurde die Aufmerksamkeit der Wiener und auch der in der Stadt weilenden Fremden auf die Schönheiten der Umgebung gelenkt, vor allem die des südlichen Wienerwaldes. Damals entstand eine neue Gattung populären Schrifttums, die sich bemühte, die landschaftlichen Reize und baulichen „Merkwürdigkeiten" in der Reichweite der Residenz gebührend zu schildern. Es sind jene, in empfindsam-gravitätischem Ton gehaltenen „Wanderfahrten und Spaziergänge" der Herren Gaheis, Sartori usw., Schilderungen, die in Serie als wohlfeile Heftchen mit anschaulichen Kupferstichen illustriert unter die Leute gebracht wurden. Sie trugen viel dazu bei, die Landpartie in den Lebensstil des francisceischen Zeitalters einzuführen. Vorher waren solche Exkursionen ziemlich selten – Haydn zum Beispiel, der als bejahrter Mann noch die abenteuerlichen Reisen bis nach England wagte, dachte nie daran, bloß zum Pläsier die Fluren außerhalb seines Gumpendorfer Domizils zu durchstreifen. Die Fremden waren freilich unternehmungslustiger. Schon anno 1798 schrieb der Preuße Ernst Moritz Arndt, der bald als patriotischer Dichter und Rufer seiner Nation berühmt werden sollte, nach einem Ausflug in die Brühl: „Dieses schöne, von schroffen Bergen eingeschlossene Thal verdient von jedem Freunde und Bewunderer schöner und erhabener Natur recht oft besucht zu werden. Die Wiener lassen es auch daran nicht fehlen; doch sind Tanz und Schmaus und ihre anderen Unterhaltungen sicher der erste Beweggrund. Ein Vergnügen durch Entbehren, durch Schweiß und kleines Bergklettern zu erkaufen, fällt diesen Menschen nicht ein."

So steht die Idylle neben dem weltbewegenden dramatischen Ereignis. Die Geruhsamkeit ist in den Atempausen zwischen Kriegen mit ihren Nachwirkungen fast mühselig bewahrt, und diese Zwischenphasen werden immer kürzer, sie sind entweder ein gerade noch geglücktes Entrinnen oder die Ruhe vor dem Sturm. Im Jahr 1805 drangen die Franzosen bis nach Wien vor und besetzten die Stadt am 13. November. Napoleon selbst residierte in Schönbrunn, sein Minister Talleyrand in der verlassenen Hofburg. Es wurden beträchtliche Kontributionen verhängt, die Truppen waren von der Bevölkerung einzuquartieren und zu verpflegen. „Teuerung, Hungersnot, Krankheiten. Viele friedliche Bürger verdarben da in Elend und Not!" schreibt der Kulturhistoriker Ludwig W. Abels über die prekäre Situation. Am 12. Jänner 1806 zogen die Besatzer wieder ab.

Im Frühjahr 1809 begann der Krieg erneut. Mit einer Heeresmacht, in der Soldaten aus halb Europa marschierten, Franzosen wie Polen, Rheinbundtruppen wie Portugiesen, stieß Napoleon von Bayern her gegen die Stadt vor. Anfang April verließ Franz I. die Hofburg in Richtung Ungarn. Unter dem Oberbefehl des Erzherzogs Maximilian wurde Wien in Verteidigungszustand gesetzt. Man vergaß nicht darauf, Kulturgüter und Kunstschätze richtiggehend zu verlagern. Sie wurden in Kisten verpackt und auf der Donau ostwärts verschifft. Sehr feierlich und dramatisch gestaltete sich die Räumung der Schatzkammer: zu nächtlicher Stunde, bei Fackelschein, wurden die Kleinodien unter dem Schutz der Trabantenleibgarde abtransportiert.

Bangnis erfaßte den echten Wiener und gelernten Österreicher, als sogar, wie es der Chronist Friedrich Anton von Schönholz so vielsagend ausdrückte, „ein Hofrat nach dem andern verschwand". Da wußte jeder: jetzt wurde es ernst!

In den Morgenstunden des 10. Mai nahmen Napoleons Truppen kampflos die Mariahilfer Vorstadt. Doch nun kam in das große Schlachtentableau ein fast grotesker Zug: Man sollte meinen, die friedlichen Bewohner hätten hinter dicht verschlossenen Fenstern und Türen in Bangen der Dinge geharrt, die unabwendbar schienen. Keine Spur! Die stärkste aller menschlichen Eigenschaften, die Neugierde, siegte über die schlotternde Angst. Männer und Frauen eilten zu den günstigsten Aussichtspunkten, um ja zu sehen, wie sich der Feind zur Belagerung einrichtete. Da die Entfernung zwischen der Burgbastei und dem

*Heimkehr der k. k. Eilpost am Weihnachtsabend 1852, Wien, Mariahilfer Linie*

*Hauptlandeplatz für die Donaudampfer in Wien*

*Kaiser-Jubiläums-Festzug (auch Makart-Festzug), 1908*

*Plakat von Josef Maria Auchentaller: Großer Fest Corso und Frühlings Fest, Farblithographie*

*Speisesaal Hotel „Imperial"*

*Die Confiserie „Sacher", Foto Charles Scolik, Wien VIII, ca. 1908*

*Speisesaal im Restaurant „Zur großen Tabakspfeife", Aquarell v. K. F. Kopellik, 1911*

*Plakat von Karl Alexander Wilke: Auf zum Cobenzl*

Kaiserlichen Marstallgebäude - dem heutigen Messepalast - nicht sehr beträchtlich war, müssen die Herrschaften auf den Wällen den Franzosen direkt in die Geschützmündungen geschaut haben.

Am Abend des 11. Mai begann das Bombardement von Wien. Das erste Gebäude, das Feuer fing, war just ein Haus in jener Gasse, die seit altersher die Brandstätte hieß. Doch bald schoß die rote Lohe an vielen Stellen in die Finsternis. Einen „Nachtwächterkrieg" nannte der Kommentator Schönholz in bitterer Ironie diesen Waffengang um Wien. Mit eilig zusammengetrommelten Handlungsgehilfen und jungen Schwärmern suchte man einer straff geführten, stoßkräftigen Armee zu trotzen.

Am Morgen des 12. Mai wehten auf den Basteien die weißen Fahnen. Die Kaiserstadt Wien, nun eigentlich eine Stadt der Bürger, öffnete ihre Tore, und eine zivile Deputation begab sich nach Schönbrunn, um in aller Demut vor den Bezwinger hinzutreten. Napoleon nahm die Kapitulation an und erließ einen Tagesbefehl an seine Soldaten. In den ersten Stunden hielt die Plünderungsfurcht und die Angst vor den drohenden Bajonettspitzen der neuen Herren die Leute natürlich in ihren Häusern zurück. Doch als die Truppen in den fremdartigen Monturen zunächst einmal auf den großen Plätzen biwakierten und den Staub aus ihren Röcken klopften, wagte sich der eine oder andere Bürger zaghaft ins Freie.

Und als keinem der Kopf abgerissen wurde, wie man in Wien sagt, drängten sich auf den Straßen bald die Zivilisten in hellen Scharen, um diese legendären Krieger anzustaunen. Darüber berichtet der verläßliche Augenzeuge Schönholz: „Binnen einigen Stunden hatte die Residenz ein anderes Gesicht. Stutzer, Damen und Soldaten, dazu Lastträger wirbelten durcheinander. Von allen Seiten wurde Proviant, Kriegsvorrat, Beute angeschleppt, geschwätzt, gegafft, kommandiert, auf- und abmarschiert. Und ehe man sichs versah, war auch schon Wiens unsterblichste Tätigkeit, die Verkäufer der heissen Würsteln, auf den Beinen."

Wenn eine Stadt besetzt ist, wenn Freund und Feind einander

von Angesicht zu Angesicht begegnen, ohne daß jeder einen scharfen Säbel oder ein geladenes Gewehr in der Faust hat, kurz: wenn sie einander als Menschen kennenlernen, kommt es in irgendeiner Form zur Annäherung.

So brachte auch der tägliche Umgang zwischen Wienern und Besatzungssoldaten der bodenständigen Lebensart zumindest vorübergehend neue Anregungen. „In kurzer Zeit war die alte Residenz der römisch-deutschen Kaiser ins modernste Französisch übersetzt", sagt Schönholz, als guter Beobachter seiner Umwelt ein zuverlässiger Gewährsmann der Epoche. „Drei Pariser Restaurants eröffneten ihre duftenden Speisesäle. Auf der Burgbastei aber strahlten im Schein von hundert Wachslichtern die glänzend gedeckten Tische des ‚Traiteur à la suite de la Grande Armée'."

Auf dem Stephansplatz wimmelte es von Soldaten, Trödlern und flinken Gelegenheitshändlern. Freilich unterschied sich dieser Schwarzmarkt von seiner späteren, der Kriegs- und Nachkriegsgeneration noch erinnerlichen Nachform im Resselpark dadurch, daß auf dieser „Französischen Börse", wie sie im Volksmund hieß, alles – Kostbares wie Kram – spottbillig verkauft, ja verschleudert wurde. Als Verkäufer traten die fremden Krieger auf, sie hatten sich, wie es Herr von Schönholz so taktvoll umschreibt, „auf ihrer Wanderung reichlich mit Taschenuhren versehen und machten diese allmählich zu Geld". Um diesem Treiben ein Ende zu bereiten, führten die Militärbehörden richtige Razzien durch und sperrten die Aufgegriffenen in die Stockhäuser.

Anders als seine Soldaten war Napoleon selbst ziemlich unempfindlich für den Zauber der wienerischen Atmosphäre. Ihm gefielen hier nur drei Kulturschöpfungen: das Christinengrab in der Augustinerkirche, das Stift Klosterneuburg und das Schloß Schönbrunn. Dort residierte er, gab glänzende Soireen und wohnte den Festaufführungen im Schloßtheater bei. Die Innenstadt mied er. Den schaulustigen Wienern zeigte er sich allerdings sehr oft: bei den sommerlichen Truppenrevuen, die er auf dem weiten Plan bei Schönbrunn oder auf der Anhöhe der Schmelz abhielt. Grillparzer, Ex-Freiwilliger, gestand freimütig, er habe den Eroberer gehaßt und sei auch kein Freund militärischen Schaugepränges. Trotzdem versäumte er keine der Paraden und schrieb viele Jahre später, noch immer tief beeindruckt von der Ausstrahlungskraft dieses Mannes: „Noch sehe ich ihn die Freitreppe des Schönbrunner Schlosses eher herablaufen als gehen und mit auf dem Rücken gefalteten Händen eisern dastehen, seine vorüberziehenden Gewalthaufen mit dem unbewegten Blick des Meisters überschauend. Er bezauberte mich, wie die Schlange den Vogel."

Die Schlachten bei Aspern und Wagram spielten sich für die Stadtbewohner in einer wahrhaftig unüberbrückbaren Distanz ab. Die Wiener merkten nur die Auswirkungen, nämlich den Transport unzähliger Verwundeter, deren sie sich barmherzig annahmen. „Gott möge euch segnen, Ihr edlen Wiener, die Ihr die Franzosen wie Euren Mitbürger pflegt", hieß es daraufhin in einem Anschlag der Besatzer.

Natürlich erhoffte jeder Einheimische den baldigen Friedensschluß. Im Herbst war es endlich soweit. Bis auf die französischen Mineure, die wichtige Partien des Wiener Basteiengürtels sprengten, zogen sehr rasch starke Truppenkontingente ab. Am 20. November schließlich verschwanden die letzten Napoleonischen Feldzeichen aus dem Bereich der Stadt. Die Wiener Franzosenzeit war Geschichte geworden.

Im selben Jahr 1809, kurz vor der Okkupation, nämlich am 1. März, war das österreichische „Paßnormale" in Kraft getreten, das freilich zunächst nicht sehr oft gehandhabt werden mußte. Demnach benötigte ein ausländischer Reisender einen von einer kaiserlichen diplomatischen Vertretung ausgestellten Paß mit Personsbeschreibung des Inhabers. An der Grenze wurde dieses Dokument vidiert und je nach dem Ziel die Route vorgeschrieben. – Man durfte also nicht ohne weiteres eine beliebige Strecke fahren! Am Ziel, in Wien schon bei einem der Linienämter, war der Paß abzugeben, im Austausch gegen einen

Empfangsschein, der die freie Bewegung am Ort selbst gestattete. Aber für Ausflüge in die Umgebung mußte der Gast einen Lokalpaß lösen. So genau nahm es die Behörde des mißtrauischen Kaisers!

1811 erschütterte der Staatsbankrott das Wirtschaftsgefüge und Finanzwesen Österreichs. Die verlorenen Kriege und die Reparationszahlungen hatten einen finanzpolitischen Erdrutsch zur Folge, der sich in Geldentwertung, Steuererhöhungen und horrenden Teuerungen auswirkte. Der Umlauf von „Banco-Zetteln", die keine reale Deckung hatten, war eine ungenügende Abhilfe, da im Ausland für den Nennwert kaum ein Viertel des Warenwertes in Rechnung gestellt wurde. Wien durchlebte also vor Beginn des Kongresses eine Zeit wirtschaftlicher Not, von der weite Teile der Bevölkerung betroffen wurden. Noch gab es keine Nationalbank, ihre Gründung erfolgte erst 1816. Exorbitant waren nicht zuletzt die Mietensteigerungen, was gewiß auch die Fremden zu spüren bekamen, die sich privat einlogierten. Im Jahr 1810 betrug der – immer jährlich veranschlagte – Mietzins für eine kleine Vorstadtwohnung um die 100 Gulden, bei Wohnungen für gehobene Ansprüche in der Innenstadt schwankte die Summe zwischen 400 und 2 000 Gulden. Umrechnungen in heutige Kaufkraft sind kaum möglich, nur Einkommensvergleiche: ein Hofrat bezog anno 1810 jährlich 4 000 bis 5 000 Gulden plus einem „Quartiergeld" von 300 bis 400 Gulden. Letzteres war ein Betrag, mit dem Hochschulprofessoren als Jahresgehalt auskommen mußten. Ein Volksschullehrer wie Schuberts Vater kassierte pro anno nicht mehr als 250 Gulden.

Waren Wien und Prag während der Jahre, da Napoleon und dessen Vasallen in Deutschland dominierten, die Zuflucht deutscher Patrioten und Repräsentanten des Geisteslebens, wie August Wilhelm Schlegel, Josef von Eichendorff, Clemens von Brentano, Justinus Kerner und des Freiherrn vom Stein, gewesen, die im teils freiwillig gewählten Exil einen Umschwung abwarteten, so brachte nun der Entschluß, den Friedenskongreß nach der Überwindung des Korsen in Wien abzuhalten, einen Fremdenzustrom aller Rangstufen und Grade, wie ihn die Stadt bisher noch nie erlebt hatte. Zumal ja nicht nur kam, wer sich tatsächlich, sei es auch bloß peripher, in irgendeiner Funktion an den Ereignissen beteiligen würde, sondern auch, wer es sich leisten konnte, als Privatperson einfach dabeizusein. Mit dem Kongreß vollzog Wien seinen Eintritt ins Kosmopolitische.

Da kamen Zar Alexander I. von Rußland und König Friedrich Wilhelm III. von Preußen als Spitze einer an der Basis ungemein breiten hierarchischen Pyramide von Königen, Fürsten, Klerus und Politikern. Da kamen diejenigen, die Napoleon eine Erhöhung und beträchtliche Gebietsgewinne zu verdanken hatten, die sie auch nach dem Sturz des Protektors zu wahren suchten, und es kamen andere, die durch die Napoleonische Neuordnung Europas vieles verloren hatten, entthront und verjagt worden waren und nun auf Restitution hofften. Also Potentaten und Ex-Potentaten. Über siebenhundert Delegierte aus rund zweihundert Staaten und Hoheitsgebieten, bis hinunter zu winzigen deutschen Fürstentümern mit zwei- und dreifach gekoppelten Namen von Land und Dynastie, wie aus einem Verzeichnis zu ersehen ist, das Herzog Albert von Sachsen-Teschen, der Feldmarschall und Kunstfreund, Gründer der Graphischen Sammlung Albertina, anzulegen sich die Mühe machte. Und zu den allerhöchsten, höchsten und hohen Herrschaften, den Ministern, Botschaftern, Plénipotentiaires, Envoyés, ein ungeheurer Troß an Adjutanten, Attachés, Sekretären, Kammerherren und Kammerdienern, Zofen und Kutschern. Außerdem noch offizielle und inoffizielle Beobachter, unter denen der französische Graf Auguste de la Garde der Nachwelt als Augenzeuge und Berichterstatter in Erinnerung blieb, dank seiner ausführlichen Schilderungen des so jählings internationalisierten Wiener Lebens jener Monate vom September 1814 bis zum Juni 1815, so daß die Fremden Gelegenheit hatten, die Stadt und deren Umgebung zu allen Jahreszeiten kennenzulernen. Ganz zu schweigen von Glücksrittern,

Schwindlern, Falschspielern, Abenteurern und Abenteurerinnen. Die Nobelprostituierten der Metropolen machten sich auf den Weg nach Wien, das momentan zur Hauptstadt Europas avanciert war. Allerlei merkurische Talente mit mehr oder weniger zweifelhaften Usancen, betriebsame Geschäftemacher und Zwischenträger, die bereit waren, mit diversen immateriellen Werten, einschließlich politischer Geheimnisse und Skandalgeschichten, zu handeln, wollten die Konjunktur nützen.

Man zählte insgesamt rund 100 000 Gäste, ein noch nie dagewesener Rekord. Das hieß: man brauchte Quartiere, Quartiere und nochmals Quartiere! Von solchen höchsten Anspruchs die ganze Kategorienskala bis zum einfachsten Logis. Einen derartigen Ansturm hatte Wien noch nie zu bewältigen gehabt. Natürlich reichten die gewerblichen Beherbergungsbetriebe für solche Hekatomben bei weitem nicht aus. Ganz abgesehen davon, daß die meisten der Fremden in Anbetracht der voraussichtlichen Dauer der Verhandlungen und Konferenzen - sie rechneten mit vier Monaten - längerfristig vermietbare Privatdomizile vorzogen. „Er zahlt für alle: Kaiser Franz", hieß es in dem bekannten Diktum über die persönlichen „Kompetenzen" der einzelnen versammelten Herrscher. In der Tat, der Monarch kam als Gastgeber für den Sejour der übrigen gekrönten Häupter weitgehend auf. Könige und Fürstlichkeiten erhielten Suiten in der Hofburg und in den Stadtpalais der Hocharistokratie, wo auch die Minister der Großmächte residierten, der seit je mit dem Scharfblick fürs Opportune begabte Talleyrand zum Beispiel im Palais Kaunitz in der Johannesgasse. Mit einer blutjungen Altersliebe.

Ebenso waren die verfügbaren Villen und Landhäuser in den Vororten, vor allem im Umkreis Schönbrunns, im Nu vergeben. „Wenn man zum Aufwand des Hofes noch die von mehr als siebenhundert Abgeordneten hinzufügt, kann man sich einen Begriff machen von dem ungeheuren Verbrauch der Stadt Wien und der Menge von Wechseln und Geld, die im Umlauf waren", schreibt Graf de la Garde. „Der Zufluß von Fremden war so stark, daß alle Gegenstände, besonders Brennholz, auf unglaubliche Weise im Preise gestiegen waren. Daher sah sich auch die österreichische Regierung in die Notwendigkeit versetzt, allen ihren Beamten Gehaltszulagen und Entschädigungen zu bewilligen."

Unzählige Wiener Bürger verschafften sich durch Vermietungen nicht unbeträchtliche Nebeneinkünfte. Es gab möblierte oder unmöblierte Monatszimmer, die, wie alle Räumlichkeiten, die „zu verlassen" waren, durch Zettel oder Tafeln an den Häusern angezeigt wurden. Die unerhört rege Nachfrage steigerte naturgemäß die geforderten Mietbeträge, und wenn die Feststellung, eine viermonatige Wohnungsmiete sei dem Kaufschilling eines ganzen Hauses gleichgekommen, auch übertrieben klingt, so bewegten sich die Preise doch in ziemlich hohen Regionen. Schon das kleinste, bescheidenste Zimmer kostete halbjährlich 150 Gulden.

Unter den Gasthöfen war die „Kaiserin von Österreich" in der Kärntner Straße ein sehr beliebter Treffpunkt, genannt „die Diplomatenbörse", weil in seinem Hauptsaal die mittleren und unteren Ränge, die Attachés, Sekretäre und Adjutanten, sich regelmäßig Rendezvous gaben und diese Zusammenkünfte zum Austausch von Mitteilungen und Ondits nutzten, da sie zu den kleinen Kreisen der Schlüsselfiguren keinen Zugang hatten und das Neueste über die Fortschritte oder Stockungen der Verhandlungen nur „hintenherum" erfuhren. Die Tafel, an der dieses internationale, kosmopolitische Konsortium erlesen und verhältnismäßig billig speiste, ein großer runder Tisch, hieß „die Chronik von Wien". Der „Goldene Greif", wo Beethoven der Komtesse Brunsvik Klavierunterricht gegeben hatte, existierte in der Form nicht mehr. Er war demoliert und durch einen Neubau ersetzt worden, der den Namen „Zum Erzherzog Carl" erhalten hatte – einer damals beliebten Sitte folgend, Gasthöfe nach Gekrönten oder nach populären Gestalten aus dem Erzhaus zu benennen. (In diesem Fall noch dazu eine sehr aktuelle

Namenswahl!) Das gleiche galt für den „Römischen Kaiser" in der Renngasse, der früher als „Drei Hacken" bestanden hatte, aber vom Amschel Major Rothschild nach durchgreifender Umgestaltung neu eröffnet worden war. Das Haus erwarb sich rasch Renommee und empfahl sich seiner Ausstattung nach für Gäste von Distinktion. Prominenz stieg dort auch jahrzehntelang ab. Wie aus den Memoiren des späteren britischen Botschafters in Wien, Sir Horace Rumbold, hervorgeht, nahmen außerdem junge Diplomaten bei ihrer Ankunft zum Dienstantritt gern zunächst im „Römischen Kaiser" Wohnung.

Über das Gesellschaftsleben der Kongreß-Ära ist seither sehr viel geschrieben worden. Es diente der Repräsentation des kaiserlichen Gastgebers und folgte den Eingebungen der Phantasie. Hier bot sich gleichsam die Essenz aller Lebenskultur der Epoche. In einer einzigen Kette der festlichen Inszene lösten einander Bälle, Soireen, Turniere im Sinn der Romantik, Assembléen, Maskeraden und je nach der Jahreszeit Schlittenfahrten oder Feiern im Freien ab.

Unerwartet in der Vielfalt des Schaugepränges im Jänner 1815 sogar das Begräbnis eines kaiserlichen Feldmarschalls mit allen funebral-militärischen Würdigungen, die das Reglement vorschrieb. Carl Joseph Lamoral Fürst de Ligne war hochbetagt gestorben – der Inbegriff eines Kavaliers des Ancien régime, Wallone von Geburt, Weltbürger, geistvoller Causeur und aristokratischer Bohemien. Von ihm stammte das geflügelte Wort: „Le congrés danse, mais il ne marche pas." Nie um ein Bonmot verlegen, hatte er noch kurz vor seinem Tod gesagt, nun könne er den Kongreßbesuchern das seltene Schauspiel eines großen Kondukts bieten.

Es war die Zeit der „Salons", in denen oft zwischen Tee und Konversation mit leichter Hand und elegant kaschierter Beharrlichkeit Politik gemacht wurde. Ein voll Esprit geführter Dialog mit en passant eingestreuten, nur den Eingeweihten verständlichen Andeutungen konnte ebensoviel Gewicht haben wie die Tagesordnung einer Konferenz. Die Seele des Ganzen war die jeweilige Dame des Hauses im Cercle vertrauter und neuer Freunde. Als die wichtigsten und vornehmsten Salons galten jener der Herzogin Wilhelmine von Sagan, einer der interessantesten Frauen des damaligen Europa, die eine jahrelange problematische Beziehung mit Metternich verband, und der ihrer Rivalin, der russischen Generalswitwe Fürstin Katharina Bagration. Eine Ironie des Schicksals wollte es, daß diese beiden, einander herzlich abholden Damen zwei Flügel desselben Gebäudes bewohnten, nämlich des Fürstlich-Palmschen Hauses in der Schenkenstraße bei der Löwelbastei. (Der Usus, daß Hochadelige ihre Wiener Stadtpalais vermieteten, war also schon alt.) Es war auch die Zeit, in der, Herrschaften und Volk oft vermischt, das gesellige Leben sich vielfach im Freien abspielte, an gewohnten und nun in Mode kommenden Treffpunkten - auf den Promenaden der Stadt, im Paradeisgartel und im Prater.

Hinter den wechselnden Kulissen, im Schatten des „bunten Treibens" aber amtierte emsig eine Institution, die bald besondere Bedeutung erlangen sollte: die Geheimpolizei. Sie war der Argus, der das Märchenreich bewachte. Ein Heer von haupt- und nebenberuflichen Agenten stand Tag und Nacht auf dem Posten, schon deshalb, um die Sicherheit der hohen Gäste zu gewährleisten, was einen großen Apparat und eine gewisse Delikatesse erforderte, denn manche Potentaten liebten es, inkognito durch Wien zu spazieren. Der Unentwegteste, „Fescheste" war der galante Zar. Tausende und Abertausende kleine Beobachtungen und Informationen mußten in den Amtsstuben registriert werden, sogar Metternich konnte kaum einen Schritt außerhalb der Staatskanzlei tun, ohne daß die Geheimpolizei nicht binnen kurzem davon wußte. Die meisten Fremden freilich merkten so gut wie nichts von den Methoden des weitverzweigten Überwachungssystems.

Mit der Unterzeichnung der Schlußakte am 9. Juni 1815 fand der Kongreß sein Ende, noch ehe Napoleon bei Waterloo entscheidend und endgültig geschlagen war. Nach und nach traten die großen und kleinen Akteure des historischen Geschehens ab, auch die Episodisten, die Randfiguren, die Namhaften und die Anonymen. Wien hatte als Zentrum einer neuen Ordnung wieder Zeit, sich auf sich selbst zu besinnen, und mit jenen Wochen, in denen lange Kolonnen von Wagen aller Kategorien, von eleganten Reisekaleschen bis zur Postkutsche, auf den karolinischen Reichsstraßen aus dem Gesichtsfeld verschwanden, begann, zunächst fast unmerklich, eine neue Ära der Lebenskultur, die vorwiegend vom Bürgertum geprägt war und die Atmosphäre Wiens nachhaltig beeinflußte, eine Ära auch, in der im ruhigen Fluß des Daseins sich wesentliche Änderungen vollzogen, welche jedem, der in Wien Umschau halten wollte, den Weg dorthin erheblich erleichterten. Und den Wunsch, Wien und die Wiener kennenzulernen, hegten in jenen kommenden Jahren viele Fremde.

Speisen-Tariff
im chinesischen Garten im Gasthause zur blauen Weintraube in Penzing.

Seaou-he
kwŏ jin tsew teen choo kan yuen Pentsing.

Eingemachtes. — Pang.

Mehlspeisen. — Yuen kin.

| | fl. | kr. | |
|---|---|---|---|
| Kirschen-Kuchen | — | 24 | Schon tscha kwo fun. |
| Cataloni-Strudel | — | 24 | Katalon teen fun. |
| Ribisel-Strudel | — | 20 | Meen tee teen. |

Braten. — Schaou kang.

| | fl. | kr. | |
|---|---|---|---|
| Kälbernes | — | 30 | Niu tlze jow. |
| Kälbernes Schnitzel | — | 36 | Koo niu tlze jow. |
| Gebratenes Huhn | 1 | 12 | Schaou ke. |
| Gebackenes Huhn | 1 | 6 | Schaou pang paou. |
| 1 Gans | 3 | — | Tseou go. |
| 1 Ente | 2 | — | Ya. |
| 1 Kapaun | 1 | 36 | Schaou yen ke. |

Wildbret. — Yuen kin.

| | fl. | kr. | |
|---|---|---|---|
| Rehschlägel | 1 | — | Kung luh too. |

Sallat. — Seang-ho.

| | fl. | kr. | |
|---|---|---|---|
| Häuptel | — | 20 | Seang-ho-yuen. |
| Endivien | — | 20 | Seang-ho-paou. |
| Gurken | — | 20 | Tsing-ga. |

Compots. — Kvo pang teen.

| | fl. | kr. | |
|---|---|---|---|
| Orangen mit Ribiseln | — | 30 | Wan too. |
| Kirschen | — | 30 | Yung schan tscha too. |

Confect. — Meen paou kan.

| | fl. | kr. | |
|---|---|---|---|
| Vaterlands-Torte | — | 30 | |
| Brot-Torte | — | 30 | |
| Mandel-Torte | — | 30 | |
| Linzer-Torte | — | 30 | |
| Mandelbogen | — | 20 | |
| 1 Stück Preßburger Zwiebak | — | 10 | |
| Schocolade-Brot | — | 12 | |
| Kleine Bäckerey | — | 36 | |
| Gefrornes | — | 40 | |
| Punsch | — | 54 | |
| Limonade | — | 24 | |
| Eine Tasse Kaffeh | — | 20 | |

Kalte Speisen. — Lang schih vuh.

| | fl. | kr. | |
|---|---|---|---|
| Kälbernes | — | 30 | |
| Troyer-Käse | — | 15 | Kin fean. |

Weiße Oesterreicher Weine. — Pih Poo taou tsey.

| | fl. | kr. |
|---|---|---|
| Tafelwein die Maß | 1 | — |
| detto | 1 | 30 |
| detto | 2 | — |
| Die Bouteille roth gesiegelt | 1 | — |
| Weidlinger 1822, die Bouteille schwarz gesiegelt | 1 | 30 |
| Champagner, die Bouteille | 10 | — |
| Tokayer die große Bouteille | 1 | 30 |
| detto die kleine detto | — | 45 |
| Menescher die große Bouteille | 1 | 30 |
| detto die kleine detto | — | 45 |

Bier.

| | fl. | kr. |
|---|---|---|
| Märzen die Maß | — | 30 |
| Ein großer Plutzer Baierisches | — | 24 |
| 1 Seidel Rossoglio | — | 12 |

Joseph Kinnel, Gastgeber. Tsew teen choo kea.

## VI

## VORMÄRZLICHE KONTRASTE

Biedermeierliches Lebensgefühl entfaltete sich am schönsten und reinsten im Interieur, in jenen Dingen, die geeignet sind, ein Milieu zu schaffen und zugleich Zeugnis vom hohen Stand des Handwerks abzulegen: die sprichwörtlich gewordenen Kirschholzmöbel, erlesenes Glas und Porzellan, geschmackvolle Textilien. Es gibt zu denken, daß uns aus jener Epoche kaum ein Objekt überliefert ist, das man glattweg als Kitsch oder qualitativ als Schund abtun könnte. Das heimische Biedermeier ist zum Inbegriff eines den Volkscharakter offenbarenden Stils geworden.

Weist diese liebevolle Befassung mit dem Hauswesen darauf hin, daß man es sich angewöhnt hatte, nach innen zu leben, was Historiker als einen Rückzug vor dem Druck des Metternich-Sedlnitzkyschen Polizeiapparates erklären, so steht solcher Abkapselung und Hinwendung zum Tröstlichen der Kräfte des eigenen Gemütes als Kontrast eine auffallende Offenheit und rege Gesellschaftlichkeit gegenüber. Ein Abglanz der Kongreß-Ära blieb, und dieses Wien, dessen Menschen aus den eigenen vier Wänden eine ganze Welt machten, war zugleich ungemein lebendig. Noch nie zuvor in „normalen Zeiten" wurde soviel getanzt, größere Gasthöfe wie der „Römische Kaiser" oder das „Goldene Lamm" eröffneten Ballsäle, die großen Zulauf hatten; es gab eigene Vergnügungsetablissements, und allenthalben spielten die „Kapellen" auf, die freilich nach unseren Begriffen nur kleine Besetzungen waren, aber unter der Leitung von Könnern der „leichten Muse" standen. Da war der vergessene Michael Pamer, eine Sauter-Figur, genial und zerrissen, stets im innerlichen Aufruhr, schicksalhaft dem Alkohol verfallen. Dieser

Mann war der Lehrmeister der Dioskuren Johann Strauß sen. und Joseph Lanner. Zugleich erlebte die Wiener Kaffeehauskultur ihre erste Blütezeit.

Die ernste Musik stand im Zeichen der Wiener Klassik. Man pflegte, wie bereits im 18. Jahrhundert, die Kunstform des privaten Streichquartetts, doch neben solcher individuellen Ausübung, die wiederum ganz der biedermeierlichen Häuslichkeit entsprach, dem Hang zum Intimen, regten sich Bestrebungen zu planmäßigen öffentlichen Veranstaltungen. Seit 1812 existierte die Gesellschaft der Musikfreunde mit ihren Konzertprogrammen, getragen von der bürgerlichen Privatinitiative, welche das adelige Mäzenatentum allmählich abgelöst hatte. Schon allein die Tatsache, daß Beethoven in dieser Stadt wohnte, furios und ahasverisch von einem Logis zum anderen wechselnd, war für viele ausländische Musikliebhaber und Musiker ein Grund, die Reise nach Wien zu unternehmen als eine künstlerische Wallfahrt im Sinn der Romantik, ähnlich wie Grillparzer und verwandte Geister zu Goethe nach Weimar pilgerten. Wenn solche Fremde in den Gasthöfen abstiegen, konnten sie dort sogar Zeugen bedeutsamer kultureller Ereignisse werden. Im Speisesaal des „Wilden Mannes" zum Beispiel bot sich einem englischen Musikfreund namens Sir George Thomas Smart, Mitbegründer der London Philharmonic Society, die Möglichkeit, Beethoven persönlich kennenzulernen, als dieser vor zahlreicher Zuhörerschaft eine öffentliche Probe eines seiner letzten Quartette, op. 132, leitete. Im Saal des „Römischen Kaisers" war der junge Franz Schubert im Rahmen einer „Musikalisch-declamatorischen Privatunterhaltung" am 12. März 1818 mit seiner „Ouvertüre im italienischen Stil" erstmals vor geladenem Publikum als Komponist in Erscheinung getreten.

Zudem waren die unzähligen einstigen Kongreßbesucher, die Wien als ein Elysium heiterster Lebensfreude gesehen hatten, die besten Propagandisten, die den Daheimgebliebenen in ihren Ländern durch leuchtende Schilderungen, ob mündlich oder schriftlich, „Gusto“ machten, diese Stadt selbst kennenzulernen. Die Verdichtung der Postlinien, günstige Verbindungen und Anschlüsse über weite Strecken und die bequeme Ausstattung der Beförderungsmittel erleichterten diesen Entschluß. Für viele der Fremden war Wien das Reiseziel, an dem sie längere Zeit verweilten, für andere eine Station auf dem Weg, der sie durch die Kulturzentren des damaligen Europa führte und zuweilen weiter bis in den Orient.

Wiens Lage an der Donau, die von Anfang an die Stadt und ihre Entwicklung in hohem Maß auf den Schiffsverkehr einstellte, erwies sich in einer Epoche des technischen Erfindergeistes als großes Plus. Bisher war das schwierigste Problem der Schiffahrt der Weg stromaufwärts, nur mit langen Kolonnen von auf den Treppelpfaden der Ufer geführten Zugpferden zu bewältigen. Das angloamerikanische System der Nutzung von Dampfenergie für Wasserfahrzeuge in der Form der durch seitliche Schaufelräder - im Prinzip nichts anderes als kreisende Ruderkränze - betriebenen Dampfer schuf die Möglichkeit, auch gegen die Strömung zu fahren. 1828 wurde zwei Engländern, John Andrews und J. Pritchard, das Privileg für die Gründung der Donau-Dampfschiffahrtsgesellschaft erteilt, ihr erster Dampfer, „Franz I.“, war eine britisch-österreichische Gemeinschaftsproduktion, der Rumpf entstand auf einer Floridsdorfer Werft, die Maschinen wurden aus London geliefert. Am 4. September 1830 fand die feierliche Jungfernfahrt statt, sie führte binnen fünfzehn Stunden nach Budapest. Für den Retourweg brauchte die „Franz I.“ achtundvierzig Stunden.

1835 war der Endpunkt der Dampferlinie bereits Galatz, im darauffolgenden Jahr Konstantinopel. Von Wien stromaufwärts fuhren die Schiffe nur bis Linz, wo es den Anschluß an die Bayerisch-Württembergische Donau-Dampfschiffahrtsgesellschaft gab. Doch ab 1845 liefen die österreichischen Dampfer Passau und Regensburg an.

Unter den Fremden, die während des Vormärz nach Wien kamen, nehmen die Schriftsteller und die zumindest durch ihre

Erlebnisse und Eindrücke zum Schreiben angeregten Reisenden eine besondere Stellung ein. Ihre Aufzeichnungen, ob mit der Absicht zur Veröffentlichung oder nur als persönliche Mitteilung, als Brief verfaßt, als Memorabilien oder Reisetagebücher, bilden eine eigene Gattung der Viennensia-Literatur. Natürlich ist vieles an diesen Schilderungen subjektiv gefärbt, aber eher im Sinn positiver Bewertungen. Allerdings kommt das Beherbergungswesen noch immer gar nicht gut davon. Der deutsche Autor Julius Weber meint nach eigener Erfahrung im Jahr 1826, der „Römische Kaiser", der „Matschakerhof", den er als finster tadelt, die „Kaiserin von Österreich", der „König von Ungarn" und sogar der „Erzherzog Carl" hielten den Vergleich mit Gasthöfen in deutschen Städten, etwa Frankfurt am Main, nicht aus. Wer länger zu bleiben gedenke, sei gut beraten, wenn er sich ein Privatquartier wähle, ein Monatszimmer eben. In den gängigen Gasthöfen könne man nur kurz verweilen, bis man etwas Geeignetes bei Bürgersleuten gefunden habe.

Heinrich Laube erzählt von seinem ersten Aufenthalt in der Stadt, zu Anfang der dreißiger Jahre: „... kommen die Wiener Gasthäuser aus dem Schlendrian nicht heraus. Es gibt in ganz Wien nur zwei oder drei, die nach Art guter Gasthöfe eingerichtet sind. Alle übrigen sind mehr oder weniger alltägliche Kneipen, wo man nichts findet als mittelmäßige Nachtlager und schlechte Bedienung. Das ist aber von jeher so gewesen, darum muß es immer so bleiben. Wenn man ihnen erzählt, wie ganz anders und besser das im Ausland sei, so lächeln sie, gähnen etwas und sagen ungestört: ‚Des is holt aunders bei uns in Wean!' Sie sind in dieser Borniertheit so schnurrig und liebenswürdig, daß ich mitlachen und am Ende gar eingestehen mußte, die Einrichtung mit den mittelmäßigen Gasthöfen sei gar nicht unpassend. Das Wiener Leben spielt sich nämlich ganz und gar draußen ab, an zwanzig verschiedenen Orten. Die Dimensionen sind groß, man kommt gewöhnlich erst bei einbrechender Nacht in seinen Gasthof zurück und braucht nichts weiter als ein Nachtlager. Der Gastwirt findet es eben auch in

Ordnung, daß man sonst nicht viel verzehrt. Also hat der Wiener auch darin recht."

Wenigstens einen positiven Zug findet einer der schärfsten, unversöhnlichsten Kritiker der Kaiser-Franz-Zeit und des Metternich-Systems, der aus dem Sudetenland gebürtige ehemalige Ordenspriester Carl Postl, der nach Amerika auswanderte und sich in den englisch schreibenden Autor Charles Sealsfield verwandelte, in seinem Buch „Austria as it is" an dem alle Bereiche durchdringenden Apparat der „Vertrauten", Spitzeln, „Organe" und Zuträger: „Eine Lichtseite der österreichischen Polizei besteht in ihrer Fürsorge um das Wohlbehagen und die Unerfahrenheit der Fremden. Wirte, Fuhrleute und das sonstige, in Bädern und Hotels vorkommende Volk sind notgedrungen ehrlich. Ein räuberischer Wirt wird unbarmherzig bestraft, und ungebärdige Dienstleute werden sofort entlassen." Allerdings, so warnt er, müsse man auf der Hut sein, denn: „Jeder Hoteldiener ist ein bezahlter Spion; es gibt Spione, welche dafür entlohnt werden, Wirtshäuser und Hotels aufzusuchen und an der Wirtstafel zu horchen." Das bekam Moritz Michael Daffinger zu spüren, der im „Erzherzog Carl" verkehrte. Einmal während des Essens mit Grillparzer geriet der rasch reizbare Maler im Verlauf eines Tischgesprächs in Rage und schimpfte über die Willkür der Polizei. Irgendwer vernaderte ihn sofort, und er hatte seine „frechen Äusserungen", wie es im Protokoll hieß, mit drei Tagen Arrest zu büßen. Grillparzer kam nicht ohne Rüge davon, da er kundgetan hatte, er teile Daffingers Ansichten.

Es waren natürlich die verschiedensten Interessen, welchen die Reisenden hier nachgingen, aber keiner versäumte ausgiebige Besichtigungstouren durch die Innenstadt, deren barockes Gepräge freilich nicht immer Billigung fand, denn der Stil des 18. Jahrhunderts stand damals bei gebildeten Leuten nicht so hoch im Kurs, manche äußerten sich sogar über das Schloß Schönbrunn enttäuscht, und die Hofburg vollends erschien vielen Betrachtern als ein willkürliches Konglomerat von Baulichkeiten; vor allem die kuriose Einschachtelung des alten Burgtheaters zwischen höhere Trakte erregte Befremden. Einhellige Bewunderung hingegen galt der Hofbibliothek und der Kaiserlichen Gemäldegalerie im Oberen Belvedere, die seit Kaiser Josephs II. Zeiten öffentlich zugänglich war und somit nicht mehr den Status einer dynastischen Privatsammlung besaß, sondern als Museum geführt wurde. Einer ihrer verdienstvollsten Kustoden war der francisceische Historienmaler Johann Peter Krafft.

Wie eine Einzelbeobachtung allgemeinen Wert erhalten kann, beweist das Urteil des damaligen preußischen Hauptmannes Helmut von Moltke. Unterwegs in die Türkei, wo er, wie wir heute sagen würden, als Militärberater des osmanischen Heeres zu fungieren hatte, war er 1835 im traditionsreichen „Goldenen Lamm" abgestiegen und erfreute sich an der schönen Aussicht auf den Stephansturm. Seiner Mutter schrieb er: „Wien ist eine prächtige Stadt, schon weil sie krumme Straßen hat, denn nichts ist langweiliger als solche geraden, langen Straßen. Die krummen hat das Bedürfnis allmählich entstehen lassen, solche Städte haben eine geschichtliche Vorzeit und sprechen das Gemüt an, die nach dem Lineal gezogenen sind von der Laune eines einzelnen hervorgerufen und uniformiert." Für Moltke, den Soldaten, waren militärische Reminiszenzen besonders interessant. Er stieg im Stephansturm bis zur Türmerstube empor, um sich dort in Gedanken in die Tage von 1683 zu versetzen, als auf der „Starhembergbank" der Verteidiger Wiens aus der Vogelschau die Lage rekognoszierte.

Selbstredend ließ es sich kaum ein Besucher entgehen, den Prater zu besuchen, dessen Naturschönheiten dann in poesievollen Schilderungen gepriesen werden, per pedes oder auf dem Esel reitend die Höhe des Kahlenberges zu gewinnen und Exkursionen nach Baden zu unternehmen, dem „kleinen Wien in Aquarell", gleichsam die Sommerbühne, auf der sich das elegante Publikum aus der Hauptstadt vor dem Hintergrund der nobel-einfachen Bauten Joseph Kornhäusels für ein paar Wochen selbst inszenierte - wir schreiben das 19. Jahrhundert, in dem die Badeorte Deutschlands, Böhmens und Österreichs nicht nur eines erhofften Kurerfolges wegen aufgesucht werden, sondern sich zu Zentren eines informelleren Gesellschaftslebens entwickeln. Was Wien vor so vielen anderen Städten auszeichnet, die Übergänge zwischen Landschaft und urbanem Bereich, die Nähe der Bucolica des Wienerwaldes, dies wurde von jedem für solche Reize empfänglichen Fremden bewundert und gewürdigt.

Der Straßenverkehr im Stadtinneren indes wirkte schier verwirrend, ein wüstes Durcheinander von Wagen aller Art, Reitern und Fußgängern. Diese Hektik schilderte ja Herr „Realis", ein längst eingewienerter Belgier, sehr witzig und für uns überraschend aktuell klingend in seinem Curiositäten- und Memorabilienlexikon Wiens. Laube stellte fest, wie geschickt die Wiener Fiaker mit diesem „Gfrett" fertig wurden. „Sie sind der tüchtigste Schlag von Wien, denn sie haben einen festen Willen und können im Notfalle grob werden." Außerdem staunte er über eine unvermutete Neigung der flotten Rosselenker: sie lasen, wenn sie auf dem Standplatz warteten. „Wir fuhren von Hietzing nach der Stadt und fanden in allen Taschen des Wagens Romane. In unserer nordischen Voreiligkeit glaubten wir, sie seien von Passagieren vergessen worden und machten unseren Kutscher darauf aufmerksam. Er lächelte aber sehr und deutete mit dem Finger auf den eigenen Kopf. - Die Fiaker in Wien sind eine Stütze der Literatur."

Worte des Lobes fanden die Besucher auch für die Sauberkeit der Straßen und die gute Pflasterung. Die Darstellungen Wiens und der Wiener aus fremder Sicht jener Epoche füllen in ihrer Gesamtheit ganze Bibliotheksregale, sie sind ein farbiges Spiegelbild des Biedermeiers von hohem kulturellem und anekdotischem Reiz. Der überzeitlich bedeutendste Reisende, der zum erstenmal 1834 in die Stadt kam, war zweifellos Hans Christian Andersen, er blieb einen Monat, verbrachte viele Abende im Burgtheater und besuchte Grillparzer im Hofkammerarchiv.

Ihren dichterischen Niederschlag fanden die Wiener Erlebnisse wenig später in dem Roman „Nur ein Geiger“. Dieses Buch bildet in manchem ein Gegenstück zu Grillparzers Meisternovelle „Der arme Spielmann“. 1841 und 1846 hielt sich der dänische Dichter wieder hier auf und ließ sich von Raimunds Zaubermärchen „Der Diamant des Geisterkönigs“ zu einer freien Nachschöpfung inspirieren. Unter dem Titel „Mer end Perler og Guld“ (Mehr als Perlen und Gold) wurde Andersens Bearbeitung in Kopenhagen ein großer Erfolg.

Der heiterste, den Leser am unmittelbarsten ansprechende Autor, der sich zu jener Zeit mit Wien befaßte, war Adolf Glaßbrenner, ein Berliner; im Lauf seines Lebens brachte er es zum beliebten Volksdichter und Sittenschilderer seiner Heimat. Er weilte 1835 ein halbes Jahr in der Stadt und besaß offenbar die Gabe, sich sehr rasch in einer fremden Umwelt zurechtzufinden. Sein gewiß vernünftiger Rat an andere Reisende: „Ja, mein lieber Kritikus, du mußt deine Empfindungen mit der Landkarte ändern, du mußt dich auch geistig akklimatisieren, wenn du alle Dinge richtig anschauen und überall den Nagel auf den Kopf treffen willst. Man muß weder mit einer Weißbier-Seele Italien bereisen, noch den Nordpol im leichten Ballkleide. Man muß weder mit Stubenmädchen über griechische Klassiker sprechen, noch das Rindfleisch mit dem Messer essen. Man muß überhaupt nicht dumm sein, das ist die erste Lebensregel.“

Den Wienern rühmt er nach, sie seien keine Philister, wie man sie anderswo so häufig antreffe, sondern sehr aufgeschlossen und gesellig. Er selber war sicherlich auch keineswegs zugeknöpft. „Am liebenswürdigsten ist der Wiener als Gastgeber“, schreibt Glaßbrenner. „Er ladet dich ein, mit ihm über Land zu fahren oder bittet dich, ihm auf seinem eigenen Gütchen zu besuchen. Ehe eine halbe Stunde vergeht, bist du Mitglied einer glücklichen Familie. Alles steife, zeremonielle Wesen ist verbannt. Je ungenierter du bist, je fröhlicher, desto mehr gefällst du. Man hat dich weder eingeladen, um der Convenienz ein Opfer zu bringen, noch um silbernes Tee- und Kaffeegeschirr, prächtige Möbel usw. glänzen zu lassen. Man will ein paar Stunden fröhlich mit dir sein, und dennoch wird es dir an nichts fehlen, selbst an Glanz nicht!"

Mitten im Biedermeier vollzog sich eine Umwälzung des Verkehrswesens, wie sie noch nie zuvor in der Geschichte der Menschheit erfolgte: die Entwicklung der Eisenbahn. Mit damals noch unabsehbaren Auswirkungen auf alle Lebensbereiche jenes Jahrhunderts. Auf Wiener Boden hatten die Anfänge kaum praktische Bedeutung, wie übrigens anderswo auch. Die am 6. Jänner 1837 eröffnete Strecke Floridsdorf-Deutsch-Wagram war wohl eine Attraktion, aber nicht mehr, die Möglichkeit, ein ganz neues, mit Bangnis gewagtes „Fahrgefühl" auszukosten. Wichtigkeit erlangte die „Kaiser-Ferdinand-Nordbahn" des Barons Salomon Rothschild, als sie bis Brünn und Mährisch-Ostrau reichte, also die Verbindung ins Kohlenrevier des Kaisertums herstellte, was zunächst die eigentliche Raison d'être dieser Trasse war. Bald entstanden Abzweigungen, Nebenlinien, so nach Olmütz, von wo die seit 1842 neben den privilegierten Privatbahnen bestehende Staatsbahnverwaltung den Anschluß nach Prag schuf. Schon 1842 wurde die Wien-Gloggnitzer Bahn eröffnet, als erster Ausleger nach Süden, und die Strecke von Mürzzuschlag mit dem projektierten Endpunkt Laibach in Angriff genommen. Der Semmering blieb zwangsläufig ausgespart, ihn überquerte seit 1846 eine neue Straße. Erst 1848 bis 1854 gelang Carl von Ghega unter dramatischen Begleitumständen die epochale Leistung des Baus der ersten Gebirgsbahn, und zwar über diesen Paß. Von der Trasse westwärts, in Richtung Linz-Salzburg-München, existierte allerdings noch keine Schwelle, da sich die Planungen trotz des günstigen Terrains ziemlich langwierig gestalteten.

Damit war die Postkutsche aufs Aussterbe-Etat gesetzt, und die Frachtbeförderung per Gespann erlitt empfindliche Einbußen, da die Bahn sehr rasch dazu überging, auch Güterzüge zu führen. Aber entlegene Landstraßen abseits des Schienenverkehrs befuhr die Post noch lange Zeit. So blieb auch in der Ringstraßen-Ära ein Stück Biedermeier lebendig. Anton Wildgans erzählt in seinem Buch „Musik der Kindheit", wie er als Bub dic Postillone und ihre Wagen bei der Großremise anstaunte, und um 1880 ließ sich der blutjunge Hugo Wolf für die Sommerwochen in das noch ganz unbekannte Mayerling kutschieren.

Im Jahr 1850 umfaßte das im Kaisertum Österreich betriebene Trassennetz bereits 1 579 Streckenkilometer. Den Aufschwung des Eisenbahnwesens machte sich ein findiger Kopf zunutze. Der Mann hieß Schrökl, er etablierte Anfang der fünfziger Jahre in Wien ein Reisebüro, das war ein absolutes Novum. Herrn Schrökls Firma gehörte, weltweit gesehen, zu den allerersten dieser Sparte. Das Vorbild dafür hatte der englische ehemalige ambulante Temperenz-Prediger Thomas Cook mit seiner 1846 gegründeten „Excursion Agency" geschaffen, die sich in der Epoche der Mittviktorianer sehr schnell zu einem wichtigen Faktor des beginnenden Massenverkehrs und zum Motor organisierter Touristik entwickelte und ihren Radius stetig erweiterte. Schrökls Ambitionen waren freilich viel bescheidener. Er veranstaltete nur Vergnügungstouren per Bahn bis Mürzzuschlag, aber dabei konnte er mit einer Lockung aufwarten, die der international disponierende Mr. Cook vorerst noch nicht zu bieten hatte: die aufregende Fahrt durch die Tunnels und über die kühnen Viadukte Ghegas.

Am 1. Mai 1851 eröffnete das britische Herrscherpaar im riesigen Crystal Palace des Londoner Hyde Park, einem richtungweisenden Eisenskelettbau, die erste Weltausstellung der Geschichte. Dieses Ereignis führte ein typisches Phänomen des industrialisierten Säkulums ein. Die Weltausstellung: das war eine monumentale Dokumentation des Fortschrittsglaubens, Revue der Leistungen auf den verschiedensten Gebieten der Technik, der Wirtschaft und der Lebenskultur und zugleich eine gesellschaftliche Assemblée größten, festlichsten Ausmaßes. Kurzum: eine Monsterschau der Zivilisation!

Das Beispiel machte schnell Schule. 1855 folgte die „Exposition Universelle", die zweite Weltausstellung, in Paris, und von ihr gingen weitreichende zivilisatorische Impulse aus. Die Metropole des neuen Kaisers Napoleon III., dieser romanhaften Herrschergestalt mit einem Stich ins Unseriöse des Abenteurertums, erlangte wieder den Rang eines Vorbildes, dem man nacheiferte. Ein neues Wort, ein neuer Begriff: Komfort, so lautete die Losung. Die Waggonfabriken Europas bauten bereits gut ausgestattete Waggons und sogar Salonwagen für Potentaten und Industriemagnaten. Damit änderten sich einschneidend die Reisegewohnheiten und die Ansprüche vornehmer Reisender. Wer in einem bequem gepolsterten Coupé ohne oftmals leidige Unterbrechungen weite Strecken zurücklegte und ausgeruht am Ziel eintraf, der wollte sich auch am fremden Ort „wie zu Hause" fühlen. Diese Anforderungen wiederum bestimmten in den zu Verkehrsknotenpunkten werdenden Städten die Metamorphose des seit Jahrhunderten bestehenden Gasthofes zum Hotel im nunmehr gültigen Sinn.

Ein großer Schritt vorwärts war der Anschluß der Linie Prag-Bodenbach an das sich rapid verzweigende norddeutsche Schienennetz. Um so eher fand das Pariser Exempel in Wien in initiativen, finanzkräftigen Männern erste Nachahmer, die ihrerseits einen Maßstab schufen, nach dem sich andere richten konnten. Solche Protagonisten waren Daum und Wandl. Im noch heute bekannten Hotel am Petersplatz wurde mit sensationellen Novitäten ein Standard eleganter, komfortabler Ausstattung gesetzt. Der neuen Ära trug man Rechnung, indem man schon einen Lift und Etagenbadezimmer einbauen ließ. Dies Mitte der fünfziger Jahre des 19. Jahrhunderts! Man bewies damit großes Geschick in der raffinierten Ausgestaltung der beiden Sphären, die schon in den Gasthöfen, freilich in weit weniger ausgeprägter Form, gegeben waren: jenes Bereiches, in dem der Gast sein privates Reservat hat und auch haben will, und des anderen, des Ortes der Zusammenkunft, heute würde man von „Kommunikation" reden. Denn die „Wohnung" des

Gastes teilt sich hier in verschiedene Ebenen auf. Sein Zimmer entspricht dem heimischen Schlaf- und Ankleideraum. Das Speisezimmer, in diesem Fall den Speisesaal, und den Salon – erweitert durch einen Wintergarten – teilt er mit anderen, und der Rang des Hauses garantiert ihm, daß er unter seinesgleichen bleibt, keine störenden Nachbarn gewärtigen muß, wie dies in Poststationen und Gasthöfen der früheren Zeit leicht passieren konnte. Hier herrscht vielmehr ein gemeinsamer Kodex des Verhaltens, gute Manieren werden als selbstverständlich vorausgesetzt. Zudem dokumentierte sich das Selbstbewußtsein des Besitzers Johann Wandl darin, daß er bei der Benennung auf die bisher übliche heraldische oder hierarchische Nomenklatur verzichtete, sondern stolz den eigenen Namen über das Portal schrieb: „Hotel Wandl". Ein Zeichen für den Individualismus des auf seine Leistung stolzen Bürgers.

Andere Unternehmen wußten, daß auch sie sich umstellen mußten. All dies vollzog sich noch auf einem Stadtareal, das seit Jahrhunderten nicht verändert, nicht erweitert worden war, im historisch vorgegebenen Gefüge der Straßen und Plätze verblieben war, von wo man allemal zu einem der Tore des Basteiengürtels gelangte, hinter dem sich das Glacis breitete. Doch am 25. Dezember 1857 wurde ein Handschreiben des jungen Kaisers Franz Joseph an den Innenminister Baron Bach publik gemacht:

„Es ist Mein Wille, daß die Erweiterung der inneren Stadt Wien mit Rücksicht auf eine entsprechende Verbindung derselben mit den Vorstädten ehemöglichst in Angriff genommen und hiebei auch auf die Regulierung und Verschönerung Meiner Residenz- und Reichshauptstadt Bedacht genommen werde. Zu diesem Ende bewillige Ich die Auflassung der Umwallung und der Fortifikationen der inneren Stadt sowie der Gräben um dieselbe."

Diese Allerhöchste Verfügung war der Auftakt zur Verwandlung der imperialen Weltstadt auf kleinem Raum zur Metropole nach dem Maß der neuen Zeit, mit all ihren Glanzpunkten und Schattenseiten.

# VII

## WIEN EMPFÄNGT DIE WELT

Die Entschließung des Kaisers machte aus der Peripherie der Innenstadt für viele Jahre eine im stetigen Wandel begriffene Zone, in der die Demolierer der Befestigungen den Bauleuten der neuen Architektur fast in die Hände arbeiteten. Es gibt Dokumentarfotos davon, und wir, die wir den Bau der U-Bahn mit ansehen, können uns wohl besser als die Generation unserer Großväter vorstellen, wie es dabei zuging. Diese neue Ära hob unter ungünstigen staatspolitischen Vorzeichen an: 1859 die Niederlage in Italien, wenige Jahre später der Sechsundsechziger-Feldzug, der als Zweifrontenkrieg geführt werden mußte, und die entscheidende Zäsur, der problematische „Ausgleich", mit dem 1867 Österreich-Ungarn, die aus zwei Staaten bestehende „Donaumonarchie", geschaffen wurde. Nicht zuletzt gewann Budapest dadurch den Rang einer zweiten Hauptstadt des Gesamtgefüges und erlebte einen raschen Aufschwung als ein lebensfreudiges kleines Paris des Ostens.

Gleichzeitig mit dem Beginn des Abbruchs der Basteien und der Stadterweiterung wurde endlich auch ein enorm wichtiges verkehrstechnisches Vorhaben realisiert: der Bau der Westbahnstrecke, zunächst bis Linz und 1860 bis Salzburg. (Die Verbindung zu der Kunststadt München verlief noch viele Jahre über Braunau am Inn.) Da alle Linien Namen trugen, erhielt die neue Westtrasse sinngemäß nach der bayerischen Herkunft der Ersten Dame des Reiches die Bezeichnung „Kaiserin-Elisabeth-Bahn".

Während dieser Jahre setzte in allen Metropolen Europas die Glanzzeit des großstädtischen Hotels ein. Der Historismus schuf mit dem Aufwand seiner Fassaden und der Innenausstattung das stilgerechte Ambiente, den feudalen Duktus und das optimale Maß. Der Hotelier jener anbrechenden Epoche konnte nicht mehr bloß Gastwirt sein, er war Unternehmer. Kein treuherziger, wamperter Leutgeb mit Käppchen und Fürtuch, selber ein familiäres Möbel seiner Herberge wie um 1800, keine Nestroy- oder Waldmüller-Figur voll behäbigen Bürgerstolzes wie im Biedermeier, sondern ein Herr im Salonrock. Zu diesem Gesamtbild paßten auch die angestammten Namen nicht mehr so ganz, nein, die neuen Bezeichnungen klangen betont international: „Excelsior", „Esplanade", „Hôtel du Commerce" - Titel, die nach Goldbuchstaben und exklusiver Atmosphäre verlangten. Das 19. Jahrhundert hatte bereits viele neue Typen von Zweckbauten geschaffen oder zur funktionellen Reife gebracht: die Fabrik, das Museum, das Theater, das Ausstellungs- und das Verwaltungsgebäude. Nun wandten sich die Architekten auch der Aufgabe zu, Hotels speziell nach den neuen Erfordernissen zu errichten.

Die Wiener Innenstadthotels glichen sich möglichst den neuen Palais des Kommerzadels an. 1861 wurde auf dem Fleischmarkt der „Österreichische Hof" eröffnet. Mit einer Feier in Anwesenheit des Kaisers, der durch sein Erscheinen kundtat, daß er die Zeichen der Zeit begriff und welches Interesse er der Förderung des Fremdenverkehrs widmete.

Große Kopfbahnhöfe, die Endstationen der Fernlinien, bedingten neue Schwerpunktbildungen außerhalb des Zentrums. Wie in London, Paris und Berlin war in Wien infolge des wachsenden Verkehrsaufkommens die Anlage eines einzigen Zentralbahnhofs unmöglich. Er hätte gigantische Ausmaße haben müssen und wäre ein verwirrendes Labyrinth von Bahnsteigen, Trassen, Hallen und Verschubbereichen gewesen. Statt dessen bewältigten den Zugsverkehr der Hauptstadt fünf in weiten Distanzen das Zentrum fast im Kreis umgebende Einzelbahnhöfe, was bei der Durchreise, etwa von Prag nach Triest oder von Salzburg nach Budapest, einen per Fiaker oder bald auch per Pferdebahn bewerkstelligten Transit von einer Kopfstation zur anderen nötig machte. In nächster Nähe der Bahnhöfe etablierten sich Hotels gutbürgerlicher Kategorie, ja in vielen Städten Europas wurde das Bahnhofshotel zu einer eigenen Klasse. Auf Wiener Boden war das älteste das „Hotel Nordbahn" in der Praterstraße, bei dem sich bewahrheitete, daß ein Unternehmen dieser Art auch zum Schauplatz historischer Ereignisse werden konnte. Nach der Schlacht von Königgrätz, als man eine Invasion Wiens durch die vordringenden Preußen befürchtete, wurde der Bau kurzfristig seinem Zweck entfremdet und diente bis zum Waffenstillstand als Sitz des Oberkommandos der österreichischen Nordarmee.

In jenem Jahrzehnt starben die Repräsentanten des Wiener Biedermeiers: Nestroy, Waldmüller, Kupelwieser, Stifter und Castelli und der Wahlwiener Hebbel. Bruckner und Brahms kamen in die Stadt, die Hofoper und das neue Musikvereinsgebäude festigten weltweit Wiens alten Ruf als Mittelpunkt des Musiklebens, mit dem denkbar besten Klangkörper, den Wiener Philharmonikern. Die Meinungsbildung erfuhr eine Erweiterung durch die Gründung großer Tageszeitungen, der fortan maßgeblichen „Neuen Freien Presse" und des „Neuen Wiener Tagblatts", zudem zirkulierte bereits der „Vorwärts", das erste publizistische Organ für die anwachsende Industriearbeiterschaft.

Am Ende der Dekade wurde das bis dahin in Wien den Ordnungsdienst versehende Militärpolizeiwachcorps von einer neuartigen Polizeiformation abgelöst, der Sicherheitswache, die – symptomatisch für die Wende – auch schon für die neuen Funktionen der Verkehrsregelung auf dem Ring und den zu belebten Geschäftsstraßen werdenden Ausfallwegen speziell geschult wurde.

Mit den siebziger Jahren begann eine Phase von Rekorden. Dies war die Zeit, in der die Einwohnerzahl Wiens durch die enormen Zuzüge aus allen Teilen der Monarchie die Millionengrenze überschritt. Aus Böhmen und Mähren kamen in Scharen kleine Handwerker und Dienstmädchen, Arbeiter, gelernte wie ungelernte, aus dem Trentino, dem adriatischen Küstenland und dem geeinten Italien Steinmetzen und Bauleute, aus Galizien jüdische Hausierer, von denen sich viele rasch hinaufarbeiteten, aus den Alpengegenden und der - zum Königreich Ungarn gehörenden - Slowakei jüngere Bauernsöhne, gewillt, sich zu verdingen, wo man sie gerade brauchen konnte. Den Weg von der Heimat in die Hauptstadt legten sie in den III.-Klasse-Waggons der Personenzüge zurück. Am Ziel hatten sie notdürftige erste Unterkünfte zu gewärtigen, irgendwo in den Vororten oder den zu Bezirken werdenden Vorstädten. So begann auch die Phase der überfüllten Zinskasernen, das zwangsläufige Unwesen der „Bettgeher", die nur eine Schlafstätte bei fremden Leuten hatten und selbst diese oft nur alternierend mit anderen, sofern sie etwa als Bäckergehilfen oder Schichtarbeiter keine normale Nachtruhe hielten. Es begann die Zeit der Asyle, der „Ledigenheime" und der tristen Untermietkabinette. Dies war, unleugbar, eine der tiefen Schattenseiten der glanzvollen Residenz. Indes, solche Erscheinungen dem francisco-josephinischen Wien als sein Spezifikum sozialer Not anzulasten, wäre grundfalsch. Derartige Mißstände existierten in allen Großstädten, im viktorianischen London mit seinen abscheulichen Slums ebenso wie im republikanischen Paris und New York oder im Moskau und St. Petersburg des Zaren.

Rasant verdoppelte das Eisenbahnnetz die Zahl seiner Streckenkilometer, den intensivierten Stadtverkehr bewältigten die Pferdebahnen und die bespannten Omnibusse; neben den traditionsreichen Fiakern, die mit zwei Rössern fuhren, standen die Einspänner zur Verfügung. Die Ringstraße war zwar als Anlage bereits vorhanden, aber ihre Verbauung ging naturgemäß nur langsam vor sich, es klafften noch gewaltige Lücken, weite Areale, wo der Wind riesige Staubwolken aufwirbelte, sehr zum Mißvergnügen der Wiener, die das als rechtes „Gfrett" empfanden. Doch diese rudimentäre Via triumphalis wurde zugleich auch zum Symbol eines neuen Lebensgefühls, dessen künstlerischen Ausdruck ein wortkarger, schwarzbärtiger, graziler Mann der staunenden Welt vor Augen stellte: Hans Makart, einzigartiges Geschöpf dieser Ringstraßen-Ära, ihr prägender Meister und ihre letzte, bis an die Grenzen phantastischen Überschwangs getriebene gestalterische Potenz.

Dieses Wien – „Neu-Wien“, wie es sich nun stolz nannte, womit als Kontrapunkt überhaupt erst „Alt-Wien“ bewußt wurde, lebendig verkörpert durch einige wenige ehrwürdige Erscheinungen, wie den greisen, vergrämten Grillparzer, den nach wie vor unermüdlich aquarellierenden Rudolf von Alt und den skeptisch noch lange, lange den Lauf der Dinge beobachtenden Schubertianer Eduard von Bauernfeld –, diese Metropole, die ihre „Gründerzeit“ unter wesentlich schwierigeren Voraussetzungen begann als das in zwei Kriegen siegreiche Preußen mit seinem zur Reichshauptstadt avancierten Zentrum Berlin, schickte sich an, nach dem Beispiel Londons und Paris' eine Weltausstellung zu veranstalten. Für diese Exposition wurde nach dem Konzept des englischen Schiffsbauingenieurs John Scott-Russel unter der die Pläne korrigierenden Leitung Carl von Hasenauers im Prater ein monumentaler Bau errichtet, in der römischen Form der Rotonda, dank der technischen Möglichkeiten der Epoche der größte Rundbau der Geschichte, eben die „Rotunde“, mit ihrem riesigen, von einer goldenen Kaiserkrone überhöhten schrägen Glasdach.

Ein solches Gesamtvorhaben förderte – mehr noch: bedingte – ein verstärktes Angebot von Logis für ein an Luxus gewöhntes internationales Publikum. Dies gab den Impuls zu Neubauten und Umgestaltungen. Der gemäße Platz für Häuser der Spitzenkategorie war natürlich der Ring. Dort entstand zu Anfang des Dezenniums das Grand Hotel, als eines der elegantesten Gebäude der Prachtstraße bewundert. Beachtung verdient der Erbauer, er hieß Carl Tietz, ein Trabant Theophil Hansens, ursprünglich einfacher Maurer, der es aus eigener Kraft bis zum Architekten brachte. Aus eigener Kraft – und schließlich über seine Kraft. Der eindrucksvolle Talentbeweis, dieses Hotel, eröffnete ihm Möglichkeiten noch und noch. Man „riß“ sich um ihn für andere Ringstraßenbauten: Aufträge, bei denen er sich psychisch und körperlich verausgabte. Rund zehn Jahre hielt er solchen „Streß" durch, dann brach er zusammen. Von Wahnideen verfolgt, die alle um die Ringstraße kreisten, verdämmerte er in einer Irrenanstalt.

Diese Entwicklung erforderte Kapital, für dessen Beschaffung Aktiengesellschaften gegründet wurden, und zwar am laufenden Band. Zwischen 1867 und 1873 etablierten sich in Wien allein siebzig Banken. Börsengeschäfte und Bodenspekulationen blühten. Damit konnten viele alteingesessene Unternehmen des Gastgewerbes nicht Schritt halten, weil sie einfach nicht die Mittel besaßen, zu vergrößern und zu modernisieren. (Bei Gasthäusern und Restaurants sprangen schon damals die Großbrauereien als Kreditgeber ein.) Deshalb schlug dem „Wilden Mann" und auch dem renommierten „Römischen Kaiser" die Sperrstunde. Das „Goldene Lamm" in der Leopoldstadt hingegen hielt seine Position. Unter Einbeziehung eines anderen alten Gasthofs, des „Weißen Schwans" (nicht zu verwechseln mit dem gleichnamigen Haus auf dem Neuen Markt), wandelte es sich zum „Hotel Continental". Der festgesetzte Termin für die Weltausstellungseröffnung – Anfang Mai 1873 – bewirkte einen Bauboom und eine rasche Ausstattung bis zum letzten Detail. Man bedenke, daß die Gründung großer Hotels neuen Auftrieb für die verschiedensten Wirtschaftszweige brachte. Von den Aufträgen profitierte zunächst das Baugewerbe mit all seinen Sparten, des weiteren die Möbeltischlerei, die Textilindustrie, die Porzellanmanufakturen, die Teppichfabriken usw. Das angestrebte Renommee basierte nicht nur auf bestens und erlesen eingerichteten Fremdenzimmern und „Suiten", sondern auch auf außerordentlichen Leistungen der Gastronomie und hoher Tafelkultur. Das hieß: Damasttischtücher, feinste Glas- und Geschirrwaren und erstklassige Silberbestecke, welche Krupp aus Berndorf in großen Serien und vielen stilistischen Varianten lieferte.

Aber auch die personelle Struktur änderte sich, erfuhr Erweiterungen und hierarchische Staffelung. In einem vertäfelten Kontor oder „Comptoir" residierte der Hoteldirektor, der keineswegs immer mit dem Besitzer identisch war. Den ankommenden Gast begrüßte in der „Reception" ein Mann mit gekreuzten goldenen Schlüsseln auf dem Kragen seines schwarzen Rockes auf deutsch, französisch oder englisch - letzteres damals noch seltener -, teilte die Zimmer zu und erledigte die Formalitäten der Anmeldung. Diese Portiere waren vielfach Leute, die sich einschlägig im Ausland umgetan hatten und, sprachenkundig und weltläufig geworden, in die Heimat zurückgekehrt waren. Stumme Komparsenrollen spielten die Hausdiener, ausstaffiert mit flachen, runden Schirmkappen, wie sie die österreichischen Marineoffiziere und die Wiener Dienstmänner trugen, und grünen Schürzen, damit beschäftigt, das Gepäck der Herrschaften zu versorgen. Im Speisesaal gebot der Ober, im Frack natürlich (die in Frankreich und England übliche lange, weiße Schürze bürgerte sich in Wien kaum ein), über die Speisenträger und die Piccoli - von denen mancher später auf der Laufbahn des Praktikers allmählich selbst bis zum Hoteldirektor aufstieg, denn Kräfte, die das Metier von der sprichwörtlichen Pike auf kannten, waren geschätzt, weil ihnen niemand etwas vormachen konnte. Eine besondere Funktion war die des Zimmer- oder Etagenkellners, der auf Wunsch und sehr diskret „oben" servierte. Hinter den Kulissen, für den Gast nicht sichtbar, lief der Hochbetrieb in der Küche, und die Stubenmädchen tauchten meist nur dann auf, wenn die Zimmer verwaist waren. In großen Hotels war das Personal selbst häufig in kleinen Kammern des obersten Geschosses untergebracht.

Wien, dieses neue Ringstraßen-Wien, lag im Spekulationsfieber, in die bodenständige Gemächlichkeit mischte sich ein Schuß Amerikanismus, die Börse wurde zum kalifornischen Goldgräberterrain, zum Land Ophir der Luftschlösser rasch errafften Reichtums. Zwar erhoben sich gegen den Chor des euphorischen Illusionismus auch skeptische Stimmen. Interessant, daß gerade eine Persönlichkeit wie Eduard Hanslick, der despotische Beherrscher der Wiener Musikkritik, zur Abwechslung einmal Zeitkritik übte und sich zu dem Projekt äußerte: „Meine geringe Sympathie für Weltausstellungen habe ich schon bei Gelegenheit der Londoner und der Pariser offen eingestanden. Vom nationalökonomischen Standpunkt sind die Nachteile einer solchen von fünf Jahren zu fünf Jahren sich wiederholenden Hetze evident. Kaum hat sich der Industrielle von den Auslagen und Mühen einer Weltausstellung erholt und den geregelten Gang der Arbeit wiedergefunden, so klopft schon eine neue an seine Tür. Nun flattern alle Gedanken wieder dieser Lockspeise zu, die nicht selten nur als glänzendes Spektakel oder als eine ganz gemeine Spekulation auf den Beutel der Fremden angesehen wird."

In die gleiche Kerbe schlug viel später Egon Friedell mit der Feststellung, daß „die Stadt sich für den Empfang der vielen Gäste mit nichts gerüstet hatte als dem festen Willen, sie auszuplündern". Denn trotz der beschleunigten Bemühungen konnte man punkto Beherbergung keine allzu günstigen Prognosen wagen. Seit 1871 schon, während der Vorbereitungen für die Monsterschau, erschien eine eigene „Wiener Weltausstellungszeitung", die sich natürlich auch mit dem Problem der Gästeunterbringung beschäftigte und zu dem Resultat kam: „Eine große Anzahl Fremder, nämlich solche, die nur wenige Tage hier zu verweilen gedenken, und solche, deren Mittel es ihnen erlauben, sich größere Ausgaben zu gestatten, werden die Wohnung im Hotel allen anderen vorziehen. Da müssen wir allerdings im Namen von Wien sehr bedauern, daß diese Fremden bittere Erfahrungen machen werden. Es steht nämlich fest, daß in ganz Wien nicht zehn Hotels existieren, welche einigermaßen bescheidenen Ansprüchen genügen ... Unsere Hotels in Wien sind so unbequem eingerichtet, so vernachlässigt, so erbärmlich bewirtschaftet, daß wir stets auf den Gedanken gekommen sind, der Wirt und seine Dienerschaft sännen mit einem gewissen Raffinement darüber nach, auf welche Weise dem Fremden der Aufenthalt möglichst unbequem gemacht werden könne." – Notabene: Dies schrieb nicht etwa jemand, der den Ruf der Stadt schädigen wollte, kein gehässiger Kritikaster von „auswärts", sondern ein hiesiger Journalist, der die Sachlage kannte und die Absicht hegte, Mißstände aufzuzeigen.

„Geld kann zwar vieles aus Stein und Mörtel schaffen, aber zum Glück ist es nicht möglich, einfach nach Belieben eine Allee wachsen zu lassen." Dieses Bonmot eines alten Engländers der Beau-Brummel-Zeit traf auch auf die Ringstraße zu. Mit der Allee hatte es noch eine gute Weile, aber Hotelbauten in jener Zone wuchsen rasch in die Höhe. Nach wie vor florierte das Investitionsgeschäft. Das solide und das unseriöse. Auf dem Schillerplatz, wo es die Akademie noch nicht gab, wurde das Hotel „Britannia" errichtet, bei der unvollendeten Votivkirche das „Regina", auf dem Schottenring das „Hôtel de France" und im Bereich des Franz-Josefs-Kais das Hotel „Metropol", das mit der Belastung ins Leben trat, daß zur Erzielung der den Geldgebern zugesicherten zwölfprozentigen Rendite allein im Weltausstellungsjahr ein Reinertrag von 400 000 Gulden erwirtschaftet werden müsse, was eine Preisgebarung voraussetzte, die nur einen „Nabob oder tollhäuslerischen Verschwender" bewegen könne, dort abzusteigen.

Aber den Spitzenrang erreichte ein Hotel, das ursprünglich gar nicht für diesen Zweck bestimmt war. In dem zuerst verbauten Ringstraßensektor Parkring–Kärntner Ring–Burgring schufen sich außer Industriebaronen und Finanzmagnaten auch Erzherzöge und Hocharistokraten neue Palais, so Herzog Philipp von Württemberg, der in das Haus Habsburg eingeheiratet hatte. 1862 bis 1865 errichteten die Architekten Arnold Zanetti, ein Münchner, und Heinrich Adam für ihn einen Stadtpalast „in italienischer Renaissance". Daher das feudale Ambiente im Inneren: ein opernhafter Stiegenaufgang, weite Fluchten pompöser Säle und Gemächer. Indes, Philipp freute sich dieser wahrhaft fürstlichen Residenz nicht lange. Er hat sie sogar niemals bezogen. Schwieriger Herr, der er war, verärgerte ihn die Trassierung der jetzigen Bösendorferstraße durch das Gelände des eingeplanten Gartens dermaßen, daß er lieber auf den ganzen prächtigen Besitz verzichtete. Deshalb blieben die Prunkräume leer und verwaist, bis ein kapitalkräftiger Entrepreneur die Chance wahrnahm, dem Palais eine neue Funktion zu geben. Statt einem einzelnen Ehepaar sollte es wechselnden, allerdings vielfach auch blaublütigen Gästen für deren Wiener Sejour Wohnung bieten.

Dieser Mann war den Vermutungen nach ein gewisser Horaz von Landau, der schattenhaft und geheimnisvoll bleibt, auch als Horace de Landau ungreifbar auftaucht und sich, wie man hörte, stets im Ausland aufhielt. Jedenfalls wurde die an sich nicht sehr schwierige Umgestaltung finanziert, das frühe Beispiel einer solchen Neuwidmung. Zudem erhielt das Haus nun einen seinem Stil entsprechenden Namen: Hotel „Imperial", das klang nach Zeremoniell und Grandeur, war im Sinn der Kaiserstadt.

Der Tag der feierlichen Eröffnung war der 28. April 1873, also ganz knapp vor dem Beginn der Weltausstellung. Für seine große Leserschaft rühmte der delegierte Mitarbeiter der „Neuen Freien Presse" die „mit wohlthuender Eleganz gepaarte Einfachheit und stylvolle Ausstattung" und die Aussicht „über die ganze Ringstrasse, den Stadtpark, ja selbst nach dem Kahlen- und Leopoldsberge". Er betonte, Wien sei um ein Hotel bereichert worden, mit welchem nur wenige den Vergleich bestehen könnten, und vergaß nicht, hinzuzufügen: „... sein geringster Vorzug ist nicht, dass auch, wie man uns versichert, die Preise keineswegs jene übertriebenen Befürchtungen, die man jetzt im Auslande über unsere Hotels auszustreuen beliebt, rechtfertigen."

Im „Imperial" schienen, mutatis mutandis, die Zeiten des Wiener Kongresses wiedergekehrt zu sein. Dieses Hotel brauchte sich Renommee nicht erst zu verdienen, es besaß seinen Ruf schon vom ersten Moment an, als die Kutschen beim Portal vorfuhren. Wien hatte nicht nur ein Hotel gesamteuropäisch gültigen Formats gewonnen, sondern auch eine Institution:

*Plakat von Reinhard Wettach: Im Sommer nach Wien*

*Plakat von Josef Slama: 2. Arbeiterolympiade in Wien, 1931*

*Plakat von Alfred Kosel: Fasching in Wien – Wintersport in Niederösterreich*

*Urban Janke: Hofzuckerbäckerei Demel, Künstlerpostkarte der Wiener Werkstätte*

*Gestaltung einer Auslage bei Demel (Carter–Kreisky–Breschnew)*

ein Gästehaus, welches dem Kaiser für jene Besucher zur Verfügung stand, die als gekrönte Häupter oder Staatspräsidenten eben wahrhaftig imperial aufgenommen werden sollten. Damit waren die Hofburg und das Schloß Schönbrunn in vielen Fällen dieser Nebenfunktionen enthoben. Franz Joseph gestattete dem neuen Haus die Führung des Titels „K. u. k. Hofhotel", das war eine bis 1918 einmalige Vergünstigung, und die Tatsache, daß der Monarch jeweils zum Gegenbesuch im Imperial erschien, band dieses Privatunternehmen in die Abläufe der kaiserlichen Repräsentation und des höfischen Protokolls ein.

Dazu bot sich sofort Gelegenheit. Das Hotel war bereits am ersten Tag komplett besetzt, und es hatte einer Meisterleistung an Diplomatie und subtilstem Gefühl für das Hierarchische bedurft, die erlauchten Gäste, von denen jeder natürlich eine ganze Suite brauchte, richtig zu verteilen. Immerhin weilten unter dem Dach des „Imperial" Kaiser Wilhelm I., Dom Pedro II. von Brasilien, der überseeische Enkel Franz' I., und der dänische König Christian IX. Außerdem waren peinliche Begegnungen zwischen Widersachern aus jüngster Zeit zu vermeiden. Denn Fürst Bismarck und der 1870 geschlagene französische General Patrice Maurice Marquis de MacMahon, nunmehr, obgleich Monarchist, Präsident der Republik, mußten zwangsläufig an ein und demselben Korridor Logis nehmen, aber wenigstens durch einen „Niemandsland"-Streifen einiger Räume geschieden. Es war eben doch anders geworden als zu Metternichs und Talleyrands Zeiten. Der Nationalismus beeinträchtigte die einst selbstverständliche chevalereske Courtoisie ...

Schon das Wetter des Eröffnungstages der Weltausstellung konnte als böses Omen gelten. Der 1. Mai 1873 dämmerte mit Sturm und Regengüssen herauf. Noch schlimmer: ausgerechnet zu diesem so wichtigen Termin streikten die Fiaker. Verweigerung einer Dienstleistung - hatte man je von derlei gehört? „Herren in Galauniform, Damen in eleganten Frühjahrstoiletten mußten den weiten Weg zu Fuß antreten, wenn sie nicht in einer Herrschaftsequipage mitleidsvoll Unterkunft fanden", schreibt Alexander von Gleichen-Russwurm. „‚Die Zeiten werden unangenehm, das Volk fühlt sich!' sagte eine der bekanntesten wohltätigen Damen." Wer tiefer blickte, für den wirkte vieles an der Veranstaltung eilig improvisiert, unsolide. In der Rotunde waren die Maurer und die Zimmerleute mit ihrer Arbeit noch gar nicht fertig. Dennoch entfaltete sich wenige Stunden später in der Riesenhalle ein Trionfo der Ringstraßenwelt. Von den in- und ausländischen Ehrengästen bis zu Schotten im Kilt und Beduinen im Burnus war alles anwesend. Etwa 50 000 Aussteller, allein 12 000 von ihnen aus der Monarchie, präsentierten ihre Erzeugnisse.

Doch kaum zehn Tage später schreckte ein Knalleffekt Einheimische und fremde Besucher aus ihrer Feststimmung: Der Kalender wies den 9. Mai, der als „Schwarzer Freitag" in die Geschichte eingehen sollte. Die Seifenblase ungesunder Konjunktur war geplatzt. Der Börsenkrach war da. Damit nicht genug des Unheils: nach dem akuten finanzpolitischen Katzenjammer kam die Cholera. Bald füllten Scharen von Patienten die Säle des Epidemiespitals, das 1872 auf Initiative des Wiener Bürgermeisters Cajetan Felder in Favoriten eingerichtet worden war. Trotz allem verzeichnete die Weltausstellung, die bis zum 2. November geöffnet blieb, insgesamt 7 Millionen Besucher – aber sie schloß mit einem Defizit.

Während jenes Sommers konnten kulturell interessierte Fremde wie der Berliner Feuilletonist Julius Rodenberg, nach Glaßbrenner vielleicht der größte schreibende ausländische Wien-Freund, Grillparzers Wohnung noch in der Obhut der drei Schwestern Fröhlich so sehen, wie der tote Dichter sie verlassen hatte. Ja, etwas mehr als ein Jahr nach seinem Ableben war an dem Haus in der Spiegelgasse bereits eine Gedenktafel angebracht. Es gab schon mehrere solche uns heute selbstverständliche Markierungen der Wiener Kulturlandschaft. Mozarts Sterbehaus in der Rauhensteingasse war freilich verschwunden, aber Haydns letzte Wohnstätte in Gumpendorf hieß, etwas verändert, „Zum Haydn", was in seiner Naivität an einen alten Wirtshausnamen erinnerte, und die Hausleut' waren gern bereit, Besuchern die einstigen Räume des Meisters zu zeigen.

Ein beliebter Treffpunkt der Weltausstellungsbesucher und ihrer neuen hiesigen Freunde war der Keller des Hotels Munsch, das Franz Xaver Munsch, der fähige Sohn eines initiativen Vaters, in der „Mehlgrube" auf dem Neuen Markt eröffnet hatte. Rodenberg, der selbst dabei war, schildert die kosmopolitische Stimmung und geistige Lebendigkeit dieser Zusammenkünfte: „Wie manche gute Stunde haben wir da beisammen an den kleinen Tischen unter den Bogengängen gesessen! Einheimische und Auswärtige, Männer und Frauen, Künstler und Künstlerinnen, Dichter und Maler, Engländer, Holländer und Amerikaner - wie sie die Weltausstellung aus aller Welt Enden hierher geführt hatte... Tisch wurde dann an Tisch gerückt, und das Wort flog herüber und hinüber... solch eine Tafelrunde wird man so bald nicht wieder zusammen sehen, weder in Wien noch irgendwo. Doch bis hier herüber dröhnt der Abschiedsklang des Nebelhorns aus dem Prater, und er bläst auch uns auseinander - hierhin, dorthin, in alle Richtungen, aus denen wir gekommen."

Im Herbst 1875 erschien ein Gast, der, wenngleich kein gekröntes Haupt, von seinen Getreuen wie ein König empfangen wurde, als er mit seiner Familie im Hotel „Imperial" abstieg: Richard Wagner. Der neuernannte Hofoperndirektor Franz Jauner, der geniale, später nach dem Ringtheaterbrand so tragisch scheiternde Theatermann, hatte den Meister nach Wien eingeladen. Es galt manche Mißstimmungen von früher zu bereinigen. An jedem Vormittag erwartete den Komponisten ein nobler Wagen, darin fuhr er die kurze Strecke bis zur Oper. Dort wurden unter seiner Oberleitung „Tannhäuser" und „Lohengrin" neu einstudiert.

Dem Hausberg der Wiener, dem Kahlenberg, wandte sich verstärkte Aufmerksamkeit zu, seit eine nach dem Vorbild der Rigi-Bahn angelegte Zahnradbahn von Nußdorf bis zur Höhe führte. Bei der Endstation wurde ein Hotel erbaut, das erste seiner Art weit außerhalb der Stadt, an einem dafür wie geschaffenen Punkt des Wienerwaldes. Dem trug die Bauweise Rechnung, die von jener der Stadthotels völlig differierte: ein langgestreckter Trakt mit Holzarkaden und kleinen Anleihen bei dem damals für Villen in Mode kommenden „Schweizerhaus"-Stil, der ganz allgemein dem neuen Typus des Berghotels das Gepräge gab. Das Kahlenberg-Hotel übte eine besondere Anziehungskraft auf bestimmte Gästegruppen aus, die an Venedig denken läßt, denn, so meinte ein reisender Franzose: „Dieses Hotel ist ein wahres Flitterwochenhotel. Wie viele Paare haben sich nicht schon hierher zurückgezogen, um von nichts als von Luft und Liebe zu leben! Auf diesen bewaldeten, lachenden, sonnigen Gipfeln, die zur ewigen Jugend Wiens gehören . . ."

„HOTEL IMPERIAL".

Wir beehren uns, anzuzeigen, daß am 28. April die

**Eröffnung**

des

**„Hotel Imperial",**

Kärntnerring Nr. 16 (vormals Palais Würtemberg),

stattfinden wird.

Wien, im April 1873.

**Die Direction.**

## VIII

## FREMDENVERKEHR MIT METHODE

Blieb Horaz von (Horace de) Landau als Initiator des Hotels „Imperial" stets im Hintergrund und gab er sich das Air des geheimnisvoll entrückten Lenkers der Dinge, so trat andererseits um die Mitte der siebziger Jahre des 19. Jahrhunderts ein Mann in Erscheinung, der sich als Hotelier, als Persönlichkeit völlig mit seinem Unternehmen identifizierte.

Dieser Mann hieß Eduard Sacher.

Mit ererbten Talenten - er war der Sohn des Meisterkochs Franz Sacher, der als Sechzehnjähriger für Fürst Metternich die legendäre Torte kreierte - hatte er die klassische Laufbahn „von der Pike auf" hinter sich, und zwar in so exemplarischer Vielseitigkeit, daß er ein Allround-Experte seines Berufes wurde. 1866 eröffnete er im Palais Todesco in der Kärntner Straße eine Delikatessen- und Weinhandlung, die er bald in ein Weinrestaurant umgestaltete. Der Erfolg des Lokals beruhte vor allem auf der exquisiten Gastronomie der jungen Frau Anna Sacher, geborener Fuchs, einer Fleischhauerstochter. Zwischendurch übernahm Herr Sacher auf der Pariser Weltausstellung 1867 die Leitung des Wiener Restaurants Dreher, lernte so die große Welt kennen und gewann Vergleichsmöglichkeiten, die ihm später nützten. Während der Wiener Weltausstellung stand er dem Restaurant auf dem Konstantinhügel im Prater vor, das vom Deutschen Kaiser und von anderen hohen Gästen besucht wurde. All dies erweiterte Sachers Schatz von Erfahrungen im Umgang mit Prominenz.

Ein solider Wiener Bürger seiner Epoche, mit dem Gesicht eines Fiakers oder so, wie später viele Luegerianer ausgesehen haben, eine Koryphäe seines Metiers, verkörperte er die Wandlung des Wiener Wirtes. Status und Fähigkeiten berechtigten ihn zum nächsten, entscheidenden Schritt. Dieser Eduard Sacher hatte noch nicht die erste hektische Bauphase der Hotels mitgemacht. Langsame, stetige Entwicklung war seinem Naturell eher gemäß. Seine große Stunde schlug erst, als sich die Wiener Wirtschaft vom Börsenkrach erholt hatte. 1876 eröffnete er in dem von ihm erworbenen „maison meublée" direkt hinter der Hofoper ein Hotel. Nach der Lage und der noch immer herrschenden Frankreich-Mode folgend nannte er das Haus zunächst „Hôtel de l'Opéra". Doch bald ersetzte er dieses pariserische Etikett durch seinen eigenen Namen. Im Wien des 19. Jahrhunderts, wo mit seltsamer Konsequenz immer wieder das Dioskurische wirksam war, wo Strauß Vater neben Lanner stand, Nestroy neben Raimund und Strauß Sohn neben seinem Bruder Josef, wurde das neue Hotel Sacher neben dem Hotel Imperial zum Begriff.

Gerade rechtzeitig. Das Jahr 1879 brachte den Höhepunkt der Ringstraßen-Epoche: die Silberhochzeit des Kaiserpaares, gefeiert durch den Huldigungsfestzug, den Hans Makart gestaltete. Wie kein anderer war er, als Historienmaler ein hervorragender Kostümkenner, dazu berufen, mit reichem Fundus eine solche Inszenierung der Bürgerschaft zu schaffen.

Am Morgen des 27. April säumten dicht gedrängte Zuschauerscharen die Ringstraße. Damalige Statistiker zählten 100 000 Ansässige und 130 000 Fremde. Die kurzfristig Gekommenen freilich gaben den hiesigen Beherbergungsbetrieben nichts zu verdienen, denn viele von ihnen hatten schon an Ort und Stelle übernachtet, um nur ja einen Platz im Spalier zu haben. Das Defilee vor der von Otto Wagner errichteten Kaisertribüne vor dem Äußeren Burgtor war wohl der Moment von Wiens vollkommendster Übereinstimmung mit dem Historismus, dessen Bauschöpfungen den Hintergrund dieses Schauspiels bildeten.

Sacher wirkte nicht nur für sein eigenes Unternehmen, sondern für den gesamten Berufsstand. Galt es, Resolutionen zu fassen, neue Initiativen der Hoteliers zu verwirklichen, dann hieß es in Fachkreisen sofort: „Da muß natürlich der Sacher mitmachen, ohne den geht's ja gar nicht!" So etwa, als 1882/83 der erste Verein zur Förderung des Wiener Fremdenverkehrs gegründet wurde, eine Körperschaft, die großzügig plante. Daneben bestand, allerdings nicht sehr lange, eine „Fremdenkommission" des Gemeinderates. Der Verein konzentrierte seine Bemühungen zunächst in Zusammenarbeit mit einem Wiener Reisebüro - Herrn Schrökls Beispiel hatte Schule gemacht - auf Berlin. Im Juli 1883 brachte der erste „Berliner Vergnügungszug" Touristenscharen nach Wien, und diese Fahrt wurde ein voller Erfolg. Man schrieb die Zeit, in der die Norddeutschen, namentlich die Professoren und die Assessoren, häufig in Bayern und Österreich auftauchten. Sie gehörten zu den Archetypen des damaligen Fremdenverkehrs, waren die Bildungsreisenden einer durch die Eisenbahn „demokratisierten" Ära. Mit dem Baedeker in der Paletottasche pilgerten sie in Begleitung ihrer ernsten und aufmerksamen Frauen durch die Stadt. Es war auch die Zeit, in welcher der Begriff „Sehenswürdigkeiten" geläufig wurde. Fast alles war dem Neuankömmling Terra incognita, das wenigste vom Erscheinungsbild Wiens kannte er schon aus Abbildungen. Nun, dies sollte bald anders werden.

So spielten sich die Berlin-Wien-Touren ein. Außerdem wurden von Passagieren, die, wenn auch nicht organisiert, ein gemeinsames Ziel hatten, bestimmte Fernverbindungen regelmäßig befahren. Der Samstag-Schnellzug Bielitz-Oderberg-Prerau-Wien etwa hieß bald, inoffiziell, „der Opernzug", weil in ihm die Gattinnen schlesischer Textilfabrikanten mit großen Toiletten im Gepäck zu Aufführungen der Wiener Hofoper reisten.

Der Verein betrieb klug durchdachte Goodwill-Werbung, wie man das jetzt nennt. Heute Usus, damals noch recht ungewöhnlich. Er richtete ein Auskunftsbüro ein, verbreitete auch Prospekte aus anderen Städten und belieferte im Austausch seine Partner mit Material über Wien. Auf deutsch, englisch und französisch erschien in großer Auflage ein Wien-Führer, man verschickte ihn an die großen Schiffahrtslinien, den Österreichischen Lloyd in Triest sowie den Norddeutschen Lloyd und die HAPAG in Hamburg, überdies wurden Exemplare an die Teilnehmer in Wien tagender Kongresse ausgegeben. Solche Auslandskontakte waren natürlich besonders wichtig. Am 4. Oktober 1883 war von Paris der erste Orient-Expreß voller Ehrengäste und Journalisten gestartet, um via Wien–Bukarest bis Varna zu fahren, wo die Reisenden in einen österreichischen Schwarzmeerdampfer umstiegen, der sie nach Konstantinopel brachte. Dieser nur aus eleganten, komfortablen Schlaf- und Speisewagen bestehende Zug war das Prunkstück der von dem initiativen Belgier Georges Nagelmackers gegründeten „Compagnie Internationale des Wagon-Lits" und leitete die Epoche der „großen Expreßzüge" des gesamteuropäischen Reiseverkehrs ein. Der Österreichische Lloyd und die Compagnie Internationale edierten Alben im Stil damaliger Prachtausgaben. Der Verein nützte auch diese Möglichkeit, Wien in Foto-Veduten bedeutender Architektur entsprechend zu präsentieren, und sorgte dafür, daß bei Ausstellungen im Ausland nicht nur für Wien, sondern für ganz Österreich, besonders die Alpen und die Dolomiten, geworben wurde. Völlig zu Recht änderte das rührige Konsortium seinen Namen auf „Wiener Verein für Stadtinteressen und Fremdenverkehr". Damit war das ambitionierte Programm besser umrissen.

Wirtschaftliche und kulturelle Anregungen gingen Hand in Hand. Man wandte sich an Fürst Johann II. von und zu Liechtenstein mit der Bitte, seine bedeutende Gemäldegalerie in Wien dem Publikum zu öffnen. Der hohe Herr sagte ja. Auf anderem Sektor führten Verhandlungen mit dem nun längst weltweit orientierten Londoner Reisebüro Thomas Cook & Son zur Etablierung einer Wiener Agentur dieser Firma.

Ja, unermüdlich war „der Sacher" immer dabei, obwohl es mit seiner Gesundheit nicht zum besten stand. Um so vitaler war seine Frau. Getrost konnte er ihr die Leitung des Hotels überlassen, wenn er zur Kur fahren mußte. Doch ihm half kein

Doktor mehr. Am 22. November 1892 starb er achtundfünfzigjährig. Ohne zu zögern, übernahm die Witwe seinen Pflichtenkreis. Voll und ganz. Als einmal ein Gast den „Herrn des Hauses" zu sprechen wünschte und sich im Chef-Comptoir verwundert umsah, erklärte die am Schreibtisch Thronende sehr entschieden: „Ja, ja, Sie sind schon an der richtigen Adress'. Der Herr bin i!" Heute noch, fünfzig Jahre nach ihrem Tod, ist die Frau Anna Sacher für die Wiener ein lebendiger historischer Begriff wie Kaiser Franz Joseph, der ihr im übrigen immer den schuldigen Respekt eines Kavaliers alter Schule zollte. Getragen von theresianischer Energie geht sie durch viele Geschichten und anekdotische Überlieferungen, als wäre sie noch leibhaftig da. Eine gelungene Charaktermischung aus Urwüchsigkeit und natürlicher Würde. Sie hat keine Emanzipation gebraucht, um sich zu behaupten, o nein! „Der Herr bin i." Dabei blieb es. Im vollsten Sinn des Wortes machte sie ihr Hotel zum „Haus Österreich vis-à-vis der Oper", so wurde es nämlich in einem Auslandsinserat bezeichnet. War das „Imperial" gleichsam die Hofburg der Wiener Hotellerie, so verkörperte Anna Sacher wahrhaftig eine Casa de Austria gepflegtester Gastlichkeit. Nicht umsonst war sie sogar für die jungen Hocharistokraten und Erzherzoge, die bei ihr verkehrten, die „Gnädige Frau", der man die Hand küßte wie den Damen bei Hof.

Dies war nämlich ein Zeichen des Gesellschaftslebens der Zeit: ein Hotel solchen Ranges mit seinen Speisesälen, Repräsentationsräumen – und auch Separées – stand nicht nur den dort wohnenden Gästen zur Verfügung, es war auch ein Treffpunkt Ansässiger, wo man je nach Wunsch unter Menschen oder „unter sich" sein konnte.

Den Innenstadthotels und ihren Gästen wurde etwas zuteil, was es vordem noch nicht in solchem Maß gegeben hatte und was auch noch nicht so bezeichnet wurde: Publicity. Damals nannte man es eher „das Stadtgespräch". Dies kam dem Haus ebenso zugute wie dem temporären Bewohner. Die Öffentlichkeit wußte und redete darüber, *wer* von der Prominenz Europas aus Kunst, Politik und High Society *wo* abgestiegen war, vor allem eben entweder im „Imperial" oder im „Sacher". Da gab es häufig dichte Spaliere Schaulustiger vor dem Portal. So wenn Sarah Bernhardt erschien, die große Pariser Tragödin des Fin de siècle, ein rothaariges rätselhaftes Wesen wie aus den Gemälden der Symbolisten. Oder wenn Pietro Mascagni sich zeigte, der junge Meister des Verismo der Opernbühne, ein mediterraner Beau, dessen Centurio-Kopf Wienerinnen zwischen sechzehn und siebzig begeisterte.

Zu den neuen Hotels des letzten Jahrzehnts vor 1900 zählte das „Bristol" - in der Namenswahl kündigte sich bereits die Mode der Anglismen an. Das „Bristol" wurde in einem adaptierten Wohnhaus gegründet und bald zu einem typischen vornehmen Ringstraßenhotel erweitert. Im Zentrum und in der Leopoldstadt gab es damals insgesamt 4 400 Fremdenzimmer, in den Bezirken zwischen Ring und Gürtel vermehrte sich die Zahl der Beherbergungsbetriebe der gehobenen und der Mittelklasse und die „gutbürgerlichen" Unternehmen mit bestimmten Gästekreisen, vor allem den vielen nun per Bahn reisenden Firmenvertretern und den Offizieren, die aus den Garnisonen der Monarchie dienstlich oder privat in die Hauptstadt kamen. Neben Hotels und Gasthöfen etablierten sich die Pensionen, sie waren - bezeichnend - vorerst im 9. Bezirk ziemlich dicht gesät, in der Nähe der Universität und des Spitalsviertels, als Quartiere für ausländische Ärzte und zugezogene Studenten, bis diese in die auf die Dauer wesentlich billigeren Untermieten übersiedelten.

Großveranstaltungen und Kongresse trugen wesentlich zur Belebung des Fremdenverkehrs bei, festigten den Ruf der Kulturstadt Wien, so die unter der Ägide der Gemeinde laufenden Jubiläumsausstellungen über den Wiener Kongreß (1895) und zum 100. Geburtstag Schuberts (1897). In der Rotunde versammelte die Internationale Theater- und Musikausstellung ein ebenso internationales Publikum von Fachleuten und Habitués. Eine Präsentation des gastgewerblichen Berufskreises war die solenne Kochkunstausstellung 1898 in den Sophiensälen, unter dem Protektorat der Kaiserin. Die führenden Hotels hatten dort ihre eigenen Schau- und Kostlogen, die vom Morgen bis zwei Uhr nachts geöffnet waren. In den Zeiten der Weltausstellungen und der korporativen ungewöhnlichen Jubiläumsgeschenke an den Herrscher fand man besonderen Gefallen an kurios-artistischen Handwerksleistungen oder zumindest der Überdimensionierung des Vertrauten. In diesem Sinn überraschte das Haus Sacher mit einer Sachertorte im Durchmesser von siebzig Zentimetern.

Ein übriges tat der allmähliche Aufschwung des Wintersports, für den Wien zum Unterschied von anderen Großstädten durch seine Lage am Rand weiter Bergzonen bis zu dem „fashionable" werdenden Semmering geradezu ideal geeignet war. Da konnte, wer untertags auf der Rodel oder schon auf Skiern über die Hänge fuhr, rechtzeitig aus dem Loden in den Frack oder ins Abendkleid schlüpfen, um einen der vielen Wiener Bälle zu besuchen, denn das Vergnügen im Schnee ließ sich wunderbar mit den Freuden des Faschings verbinden.

Am Pult der Harfe in der Hofoper saß damals eine junge Dame namens Viktoria Baum. Später ging sie nach Berlin, begann zu schreiben, nannte sich „Vicki" und brachte bei Ullstein einen Roman heraus, der ein Welterfolg wurde: „Menschen im Hotel". Dieses Buch handelt zwar in Berlin nach dem Ersten Weltkrieg, spiegelt aber allgemeingültig wieder, wie das Spitzenhotel zum Ambiente für gesellschaftliche Inszene, ja oft auch zum Kreuzungspunkt von Schicksalen wurde. Ähnlich wie die noblen Expreßzüge, in denen man nach den Worten des Eisenbahnhistorikers Alfred Niel nie wußte, ob im „Nachbar-Coupé ein Nabob oder ein Hochstapler saß". Geldmagnaten und Schwindler, Zelebritäten, raffiniert getarnte Demimonde und gescheiterte Existenzen, die noch im Abstieg Stil zu wahren versuchten, sie mochten für ein paar Tage oder Wochen Tür an Tür wohnen. Es gab den Hoteldieb und seinen Gegenspieler, den Hoteldetektiv. Es gab das Milieu einer eleganten Halle mit breiter Treppe, Mahagoni, Goldappliquen, Spiegeln und Palmen, ein Schauplatz stetig wechselnder Auftritte und Abgänge, wo jeder Moment Überraschendes bringen konnte. Eine faszinierende Bühne des Lebens. All dies mußte phantasievollen Autoren starke Anreize bieten. Zu den typischen Hotelgästen zählten Adelige, die von ihren Gütern nach Wien kamen, Mütter, die mit ihren heranwachsenden Töchtern die Wiener Ballsaison mitmachen und die „Mädeln" in die Gesellschaft einführen wollten, immer nach etwaigen guten Partien Ausschau haltend. Und da war natürlich auch die von einem Hauch des Skandalösen umwitterte „Geschiedene" in guten, ja sehr guten Verhältnissen oder die rangierte Witwe entre deux âges, der die Hinterlassenschaft eines wesentlich älteren verblichenen Gemahls ein materiell sorgloses Leben ermöglichte – lauter Figuren für Konversationskomödien! So ist es nicht verwunderlich, daß Theaterstücke von Schnitzler, Hermann Bahr oder Franz Molnár – in seiner Glanzzeit selbst ein Hotel-Habitué wie kaum ein zweiter, der es sich leisten konnte, in den europäischen Metropolen ständig Appartements reserviert zu halten – in Luxushotels spielen. Auch die Operettenlibrettisten verlegten gern zumindest einen Akt der Handlung in diese publikumswirksame Sphäre.

Der Sommer freilich war tote Saison. „Halb Wien ist auf Reisen, die andere Hälfte ist im Prater, in Dornbach, in Schönbrunn; in der Stadt ist es leer", schrieb der Hamburger Wahlwiener Johannes Ziegler, ein Impressionist des Feuilletons. „Man kann fünf Minuten in der Himmelpfortgasse oder in der Krugerstraße stehen, ohne eines lebendigen Wesens ansichtig zu werden ... Auf der Sonnenseite des Grabens geht gewiß kein Mensch, auf der Schattenseite sind vielleicht zwei sichtbar. In den Kaffeehäusern ist keine Seele; kein Geräusch macht sich dort vernehmbar, höchstens daß die Stricknadeln der Kassierin in ebenmäßigem Takt gegen das Pult schlagen." Indes, aus den Provinzen der Monarchie kamen Urlauber, betont elegant zurechtgemacht und fest entschlossen, möglichst viele Sehenswürdigkeiten zu sehen und pflichtschuldigst zu würdigen. „Alle blicken mit fragenden Augen um sich und bis zu den Dachgesimsen der Häuser hinauf, betrachten die neuen Monumentalbauten mit Aufmerksamkeit, um zuhause getreu davon erzählen zu können ... stehen ratlos an den Umsteigplätzen der Straßenbahn ... Sie fragen nicht leicht, um nicht für fremd in Wien zu gelten, sind im Herzen dankbar für jede Auskunft."

Den tiefgreifenden Wandel der Stadt empfanden gerade jene Ausländer am stärksten, die das Wien der Basteien noch gekannt hatten und erst im Fin de siècle wiederkehrten. So erging es dem britischen Diplomaten Sir Horace Rumbold, der kurz vor 1858 der Gesandtschaft im Palais Clary in der Herrengasse zugeteilt war und 1896 als Botschafter in Wien akkreditiert wurde. Er, der Wien wirklich liebte, begab sich nun wahrhaftig auf die „Suche nach der verlorenen Zeit", fahndete voll Melancholie nach Wegzeichen aus der Jahrhundertmitte, fand sich in den radikal veränderten Straßen nicht mehr zurecht.

Einige Zeit war das gute Verhältnis zu einem Teil der Gäste aus Westeuropa getrübt. Der Ausbruch des Burenkrieges löste besonders bei der Masse der kleinbürgerlichen Luegerianer und beim deutschnationalen Mittelstand scharf antibritische Tendenzen aus. Es war das erstemal, daß bei einem in der Ferne ausgetragenen bewaffneten Konflikt Leute, die in keiner Weise davon betroffen wurden, sich spontan mit der einen der beiden Parteien solidarisch erklärten. Sogar Bürgermeister Lueger persönlich mußte wegen rhetorischer Auslassungen gegen die Engländer, die er nun so heftig anfeindete wie sonst die Juden, eine energische Rüge des Kaisers einstecken.

Im Jahr 1900 bezog das erste Taxi seinen Standplatz, an der Ecke Parkring–Himmelpfortgasse, im Straßenverkehr tauchten Privatautos auf, gesteuert von Chauffeuren oder von den „Herrenfahrern" selbst, smarten Kavalierssportlern in Schirmkappe und Staubmantel. Seit 1896 befuhren die Stadtbahnzüge, noch mit Dampfkraft, die Wiental- und die Gürtellinie – die große kommunale Leistung Otto Wagners, des überragenden Architekten. Die Hoteliers arbeiteten eng mit dem „Wiener Verein für Stadtinteressen und Fremdenverkehr", dem neugegründeten „Landesverband für Fremdenverkehr in Niederösterreich" und den Bahnverwaltungen zusammen, intensivierten die Herausgabe von Reiseführern und die Werbung auf Bahnhöfen des In- und Auslandes. Dafür wurden Plakate gedruckt, eines davon entwarf der berühmte Bühnenbildner Alfred Roller, der später die beispielhafte Ausstattung für den „Rosenkavalier" schuf. Eine „Internationale Transportgesellschaft" organisierte die Gepäckbeförderung von den Bahnhöfen zu den Hotels, und die Beherbergungsbetriebe selbst sorgten dafür, daß ihre Gäste auf Wunsch Spaziergänge mit Fremdenführern unternehmen konnten. Die ersten Fußballplätze Wiens entstanden, und einige „Biographentheater" boten dem Publikum die Sensation des „Lebenden Bildes".

Massenzustrom brachten zwei große Ereignisse jenes ersten Jahrzehnts: der Kaiserjubiläumsfestzug im Sommer 1908 und die Jagdausstellung von 1910. Die Gestaltung des Festzuges wurde in Ermangelung eines Makart mehreren Künstlern übertragen, auch der junge Oskar Kokoschka arbeitete mit. „Kaisertreue und Volkswirtschaft waren ausgesteckt", schrieb Karl Kraus in der „Fackel". „Der alte Kaiser wollte die umständliche Kostümierung der Ordenssehnsucht nicht... Seinem kultivierten Geschmack und seinem Wunsch nach Ruhe ist der geräuschvolle Unfug in gleicher Art zuwider... Der Kaiser muß dabei sein und will nicht, das Volk will dabei sein und darf nicht. Die kleinen Leute, denen auf die Beine geholfen werden sollte, haben das Nachsehen und nicht einmal das Zusehen. Denn wer vermöchte einen Tribünensitz zu erschwingen?" Es waren nicht nur Besucher einzuquartieren, sondern auch rund 40 000 Festzugsteilnehmer aus allen Ländern der Monarchie. Dabei gab es organisatorische Karambolagen, der klassische „Balawatsch" zeigte sich in Reinkultur. Tirolerinnen fanden in bereits überfüllten Rote-Kreuz-Baracken keine Unterkunft und mußten auf eilig herbeigeschafftem Stroh in einem Leopoldstädter Gasthaussaal nächtigen. Andere Gruppen wiederum standen gar nicht auf der Verpflegungsliste und hielten unfreiwillig einen Fasttag zum Festtag. Außerdem kam es zu kleinen nationalen Reibereien - dies alles wurde natürlich vertuscht, um das schöne Gesamtbild der in ihren vielfältigen Trachten aufgebotenen Scharen nicht zu stören.

Einmalig freilich war ihrer Bedeutung nach die Jagdausstellung, in einem Reich, in dem der Kaiser auch der erste Weidmann und ein Pirschgänger von hohen Graden war, während die Jagdpassion des Thronfolgers und ihre Ausübung, nämlich der Massenabschuß von Rotwild, schon zu seiner Zeit heftig kritisiert wurde. Immerhin: das Erzhaus und der Hochadel mit riesigen Revieren, eigenen Jägerschaften und einer Schau unzähliger kapitaler Trophäen garantierten eine Veranstaltung, die sehr viele am Weidwerk Interessierte zur Fahrt nach Wien bewog. Während des Sommers und des Herbstes 1910 herrschte im Ausstellungsgelände im Prater rege Besucherfrequenz. Ob als Einzelreisende oder als Jagdklubs korporativ, es war eine bestimmte, in sich geschlossene „Zielgruppe", welche es durch Werbung und Betreuung zu erfassen galt. Gemeinsam mit der Bahnverwaltung sorgten die Hoteliers für glatt eingespieltes „Service". Auf den Wiener Bahnhöfen gab es Informationsbüros, die jeweils den Stand freier Hotelzimmer in Evidenz hielten, und erstmals betrieb man auch Privatzimmervermittlung. Was diese Quartiere betraf, gingen die Hoteliers kein etwa berufsschädigendes Risiko ein. Deshalb nahm ein spezielles Komitee die präsumtiven Vermieter genau unter die Lupe, damit es nicht gleich nach dem Einzug der fremden Gäste Beschwerden über unzumutbare Verhältnisse oder überhöhte Forderungen gäbe.

Im selben Jahr 1910 wurde in einer gemeinsamen Aktion einer stattlichen Reihe von Körperschaften, nämlich des Niederösterreichischen Gewerbevereins, des Österreichischen Ingenieur- und Architektenvereins, des Gremiums der Wiener Kaufmannschaft, der Fremdenverkehrsinstanzen, und unter Beteiligung von Vertretern des Personenbeförderungswesens ein im

Licht späterer Entwicklungen bemerkenswertes „Arbeitspapier" erstellt. Das Punkteprogramm umfaßte die Elektrifizierung der Stadtbahn, eine Vermehrung der Taxis, die Fahrplan- und Fahrpreisgestaltung der Bahnen der Monarchie, den Umbau einiger Wiener Bahnhöfe, wobei man nun als Alternative doch die Errichtung eines einzigen Hauptbahnhofs in Betracht zog, die Verbesserung der Post-, Telegrafen- und Telefonverbindungen, die Straßenreinigung und nicht zuletzt: die Anlage einer Untergrund- oder Unterpflasterbahn quer durch die Innenstadt. Auch Reformen des Hotel- und Gastgewerbewesens standen zur Diskussion. Außerhalb der Betrachtungen blieben kulturelle Aspekte. (Doch zwei Jahre später schon setzte sich der „Verein für Fremdenverkehr und Stadtinteressen" für die Pflege des historischen Stadtbildes ein. Leider gelang es nicht, die Schleifung des für das Wiener Musikleben so bedeutsamen „Bösendorfer-Saales" und des ganzen Liechtensteinschen Stadthauses in der Herrengasse zu verhindern.)

1907 hatte die letzte Stunde des alten Dommayer-Casinos in Hietzing geschlagen, einer der beliebtesten Wiener Vergnügungsstätten des 19. Jahrhunderts, wo Josef Lanner zum letzten- und Johann Strauß Sohn zum erstenmal dirigiert hatten. Die Lage gegenüber dem Hietzinger Tor des Schönbrunner Parks war so ideal, daß dort ein erstklassiges Hotel wahrhaftig „am Platz" war. Der Umkreis der kaiserlichen Sommerresidenz bot a priori für zahlungskräftige Fremde einen starken Anreiz, damit konnte man rechnen. Wer während seines Wien-Aufenthaltes lieber elegant im Grünen wohnen wollte, in einem der Nobelviertel der Stadt, der würde gewiß hier absteigen. Das neue „Parkhotel Schönbrunn", in seiner Bauweise charakteristisch für die Hotelarchitektur der Zeit vor dem Ersten Weltkrieg, am Stadtrand und dennoch völlig urban, war das dritte Haus seiner Art, neben dem Kahlenberg-Hotel und dem in den neunziger Jahren eröffneten Schloßhotel Cobenzl. Und zugleich das erste Wiener „Park"-Hotel, ein Typus, der besonders in den deutschen Badeorten zu finden war. Das starke Ansteigen der Pen-

*Fußgängerzone Kärntner Straße*

*Vierhundert Jahre Spanische Reitschule: Galavorführung vor dem Schloß Schönbrunn, 1972*

*Eröffnung der Wiener Festwochen: Tanz des Staatsopernballetts vor dem Rathaus*

*Gipfeltreffen Kennedy–Chruschtschow, 1961*

*Gipfeltreffen Carter–Breschnew, 1979*

*UNO-City*

*Werbeplakat von heute*

sionen – von 56 anno 1906 auf 128 im Jahr 1912 – wirkte sich in manchen Bezirken als empfindliche Konkurrenz für die Hotels aus, obwohl die Pensionen sehr häufig die Besitzer wechselten, weil diese in kurzer Zeit gut daran verdienen wollten und daher Betriebe, die sich als nicht sehr rentabel erwiesen, wieder loszuwerden trachteten, nach dem bewährten Sprichwort: „Fort mit Schaden!" Da die Hotels während der Sommermonate den geringsten Belag zu verzeichnen hatten, im Juli und im August nur 35 bis 50 Prozent ihrer Kapazität, bemühte man sich darum, Kongresse und Tagungen in diese Zeit zu verlegen und den Aufenthalt im sommerlichen Wien aufzuwerten. Zum Teil geschah dies auf indirektem Weg, indem für die Kulturdenkmäler und landschaftlichen Schönheiten der Wachau, des Semmerings, der Rax und des Schneebergs geworben wurde.

Der Eucharistische Kongreß des Jahres 1912 bedingte wieder eine Generalmobilisierung sämtlicher Unterkunftsmöglichkeiten für die Teilnehmer aus den katholischen Ländern Europas. Es war nötig, Schlafräume in allen nur verfügbaren Objekten zu improvisieren, nicht nur in Tanzsälen von Gasthäusern, sondern auch in Schulen und anderen dazu geeigneten öffentlichen Gebäuden. Im Oktober 1912 hielt der Internationale Hotelbesitzerverein (Köln) seine Hauptversammlung in Wien ab, die Gelegenheit zu neuen Kontakten und Gedankenaustausch mit den hiesigen Hoteliers bot. Die bunte Flaggenparade der ausländischen Reisegesellschaften jener Zeit wurde um das Sternenbanner bereichert: erstmals kamen auch amerikanische Touristengruppen.

Bekanntlich schätzte der alte Kaiser selbst das Auto gar nicht, wie er allen technischen Neuerungen heftig mißtraute. Doch wenn er, wie eh und je, in der offenen Kalesche mit den vergoldeten Rädern von der Hofburg nach Schönbrunn und retour fuhr, dann mußten ihn die radikalen Wandlungen der Verkehrsverhältnisse in seiner Residenzstadt beeindrucken. Immer mehr Benzinfahrzeuge waren unterwegs, es gab bereits rund 1 400 Taxis, und auch die kommunalen Omnibuslinien stellten sich von der Bespannung auf die Motorisierung um. Und schon berechtigte die Entwicklung der Luftfahrt, die abenteuerlichen Husarenstücke der „Aviatiker", zu den kühnsten Hoffnungen. Auf historischem Boden, in der Ebene von Aspern, konnte man bei Schauveranstaltungen die Flugkünste waghalsiger Piloten bewundern. Einer, der seiner Zeit so weit voraus eilte, daß er schon 1908 als Autoreifenerzeuger seine eigene Produktion bloß als Übergang betrachtet hatte und die großen geschäftlichen Chancen beim Aeroplan witterte, war der Triestiner Camillo Castiglioni, später, Anfang der zwanziger Jahre unseres Jahrhunderts, der Nabob von Wien.

# IX

## ZUR „EISERNEN ZEIT"

Im Frühjahr 1914 unternahm eine Gruppe amerikanischer Hoteliers eine große Informationstour durch Europa, hielt sich auch einige Zeit in Wien auf und fand sehr guten Kontakt mit den hiesigen Kollegen. Man vereinbarte entsprechende Werbeaktionen in den USA, um „die Yankees" zum Besuch von „gay old Vienna" anzuregen, der Heimatstadt der „Merry Widow", Franz Lehárs „Lustiger Witwe", die damals weltweit Furore machte.

Für Ende Juni des Jahres war in Wien als Großveranstaltung der „Internationale Kaufmannstag" angesetzt. Kurz nach Eröffnung traf aus Sarajevo die Meldung von der Ermordung des Thronfolgerpaares ein. Damit war der Fremdensommer 1914 praktisch zu Ende. Ausländer der von der Konfliktlage betroffenen Staaten reisten so bald wie möglich in ihre Heimat. Wehrfähige deutsche Urlauber, welche nun die Einberufung zu gewärtigen hatten, Reservisten und Landwehrmänner, eilten „zu den Fahnen", wie die patriotische Wendung lautete, denn die vaterländische Begeisterung schlug in jenen Wochen hohe Wellen. Vor den Hotelportalen auf dem Ring rauschte der Flügelschlag des heroisch gestimmten Zeitgeistes. Karl Kraus, der Einsame abseits der jählings ausbrechenden Massenbewegung, sammelte erste Eindrücke für seine gewaltige szenische Vision „Die letzten Tage der Menschheit".

Zwar sagten die Leute, die nur an einen raschen Feldzug gegen Serbien glaubten: „In ein paar Wochen ist alles vorbei!" Doch als die Ententemächte in den Krieg eintraten, als die so lange schwelende Auseinandersetzung mit dem mächtigen Antagonisten Rußland begann, da wurde jedem, der sich nicht in

Illusionen wiegte, ziemlich klar, daß die Operationen auf breiten Fronten auch in ihren Auswirkungen auf das „Hinterland“ - ein neuer Begriff - ganz anders sein würden als in früheren Kriegen. Der zivile Bahnverkehr kam praktisch zum Stillstand, da alles rollende Material für die Truppentransporte in die Aufmarschgebiete benötigt wurde. Tag und Nacht fuhren die Züge, lange Kolonnen von Güterwaggons voller Soldaten in den hechtgrauen Felduniformen.

Unter ihnen Männer, die noch vor kurzem in den verschiedensten Berufen tätig gewesen waren. Wie in allen Sparten des Wirtschaftslebens brachte der Krieg auch im Gastgewerbe einen ständigen Abzug von Personal. Im „Karpatenwinter“ 1914/15 mit schweren Kämpfen an der Ostfront machten sich die ersten Mangelerscheinungen bemerkbar, die ersten Zeichen der ernsten, der „eisernen Zeit“ - auf dem Naschmarkt gibt es sogar ein kleines Gasthaus, das heute noch diesen den nachgeborenen Generationen nicht mehr verständlichen Namen trägt! In den Hotels beherrschten die Offiziere das Bild, eigene und deutsche, vereinzelt tauchten auch türkische und bulgarische Militärs auf, die Verbündeten des Blocks der „Mittelmächte“. Wer Zivil trug, war zumeist entweder „aus der Provinz“ oder in kriegsbedingter Mission in Wien. Ab 1915 gab es kein Weißgebäck mehr, weitere, immer empfindlichere Einschränkungen folgten. Zu spät, da ohne Erfahrungen, entschloß man sich zum System der Zwangsbewirtschaftung. Das hieß: Lebensmittelkarten, „Rationierung“. Außerdem betraf die amtliche Verordnung zur Ablieferung aller Gegenstände aus den für die Rüstungsindustrie wichtigen Metallen Kupfer, Messing und Zinn besonders die Restaurants und Hotels.

Mit unerbittlicher Konsequenz erfaßte die Verknappung der Versorgungsgüter alle Bereiche. „Vorkriegsqualität“ wurde zu einem Zauberwort bei Angebot und Nachfrage. Der Handel „hintenherum“, der Schwarzmarkt, etablierte sich und rief dubiose Gestalten auf den Plan, das „Hamstern“ bei den Bauern wurde gang und gäbe. Selbst die Nobelhotels, vor anno 1914 gewohnt, aus dem vollen zu schöpfen, Lieferanten von allem und jedem zur Disposition zu haben, mußten zwangsläufig improvisieren. Als Textilien immer rarer wurden, sahen sich Häuser ersten Ranges genötigt, Tisch- und Bettwäsche zu stopfen, verschossene Vorhänge nicht auszuwechseln. Es gab nun andere Sorgen, als das Dekor zu wahren, und solch einem Argument konnte angesichts der Gesamtsituation nicht einmal widersprochen werden. Vor den Lebensmittelläden stellten sich die Frauen an, viele von ihnen junge Kriegerwitwen, seit den ersten Operationen an der russischen Front lief der Zustrom geflüchteter Ostjuden, die vor allem in dem von einem starken jüdischen Element geprägten 2. Bezirk primitiven Unterschlupf suchten. Wie hätte man darüber klagen sollen, daß der Hotelspeisesaal nicht mehr im vollen Lichterglanz erstrahlte, weil die wachsende Notlage auch Stromeinsparungen diktierte, daß die Räume nicht mehr richtig beheizt werden konnten, weil es zuwenig Kohlen gab?

Häufiger Gast im Restaurant des Hotels Meissl & Schadn auf dem Neuen Markt war der österreichische Ministerpräsident Karl Graf Stürgkh. Er widersetzte sich energisch der Wiedereinberufung des seit 1914 vertagten Reichsrates und verfocht einen autoritären Regierungskurs des Durchhaltens um jeden Preis. Dies stempelte ihn für seine Gegner zum Repräsentanten der Kriegspolitik. Einer von ihnen entschloß sich zur radikalsten Reaktion. Am 21. Oktober 1916 betrat er den Hotel-Speisesaal, zog eine Pistole und erschoß den an seinem gewohnten Tisch sitzenden Staatsmann. Der Attentäter war Friedrich Adler, der Sohn Victor Adlers. In einem dramatisch verlaufenden Gerichtsverfahren wurde er zum Tod verurteilt, später aber begnadigt und nach dem Zusammenbruch amnestiert.

Genau einen Monat später, am 21. November, starb Kaiser Franz Joseph. Solange er lebte, hatte das Wien der Kriegszeit noch seinen dynastischen Mittelpunkt in der Person des Monarchen. Diese Präsenz, in dem über Achtzigjährigen zur letzten, allerletzten Verkörperung des Zusammenhalts des Vielvölkerstaates gesteigert, war nun geschwunden. Sein Nachfolger, der junge Kaiser Karl, hielt sich nur sporadisch in der Hauptstadt auf. Er residierte meist in Laxenburg, weil er dort dem in Baden stationierten Armeeoberkommando näher war, oder unternahm Reisen an die Alpenfront.

Im März 1917 stieg im „Imperial" der deutsche Reichskanzler Theobald von Bethmann-Hollweg ab. Er kam zu geheimen, aber sehr schwerwiegenden Gesprächen mit dem k. u. k. Außenminister Ottokar Graf Czernin, der dem hohen Herrn aus Berlin eröffnen mußte, die katastrophal werdende kriegswirtschaftliche Situation Österreichs gebe zu den schlimmsten Befürchtungen Anlaß, und Kaiser Karl sei gesonnen, den immer aussichtsloseren Kampf nicht mehr weiterzuführen. Dies waren erste Bemühungen zu Kontakten über die Fronten hinweg, später fungierten zwei Brüder der Kaiserin, Prinzen von Bourbon-Parma, erfolglos als Vermittler - die umstrittene „Sixtus-Affäre", die dem einen Sonderfrieden anstrebenden Herrscher post festum den Vorwurf der Deutschnationalen eintrug, er habe Verrat an der gemeinsamen Sache der Mittelmächte begehen wollen.

Im ebenfalls kriegsmüden Rußland brach die Februarrevolution aus, noch von den sozialdemokratischen Kräften, den „Menschewiki", getragen. Bald indes sollten die „Bolschewiki" in den Vordergrund drängen und das Gesetz des Handelns an sich reißen. Eine ihrer Spitzenpersönlichkeiten: der intellektuelle Altrevolutionär Lew Dawidowitsch Bronstein, unter seinem Decknamen Trotzki einst, im Frieden, als Exilierter einige Zeit Stammgast des „Café Central". Wo waren die Zeiten, als pessimistische Zukunftsdeuter lächelnd mit dem Argument beschwichtigt wurden: „Ich bitt Sie, wer soll denn in Rußland Revolution machen? Am End gar der Herr Trotzki -??" Das galt als denkbar abstruse Pointe. Die Geschichte aber stürzt mit ihren Abstrusitäten die sich felsenfest wähnende Selbstsicherheit. Da hatte es doch vor Jahren einen jungen Oberösterreicher gegeben, einen von unzähligen Untermietern in Wien, anonym, ein „Armitschkerl". Den faszinierte das Volkstribunentum Luegers und zugleich das großdeutsche Gedankengut Schönerers. Und? Spurlos verschwunden war er. In der Masse untergetaucht. Vergessen von den meisten, die ihn hier überhaupt gekannt hatten . . .

Es gibt aus unserer Perspektive über die letzte Phase des Ersten Weltkriegs nicht mehr viel zu sagen. Außer daß die Hotels versuchten, mit zwangsläufig immer untauglicheren Mitteln wenigstens einen Schimmer des alten Glanzes zu retten, sich gegen das graue triste Draußen abzuschirmen. Und unerwünschte Gäste fernzuhalten. Was nicht immer gelang. Das Café „Imperial" etwa war vor 1914 ein Reservat der Crême de la Crême gewesen. Dort hatte auch Friedrich Eckstein seinen Stammplatz, der Polyhistor, Enzyklopädist, „Philosoph der Ringstraße" und Du-Freund Hugo Wolfs. Felix Dörmann, der literarische Dandy, entwarf nun ein Zeitbild mit völlig verändertem Personarium: „Während des Krieges ergreifen die Fett- und Marmeladeschieber, die Valutenkäufer, die Kohlenhändler, die Agenten der auswärtigen Missionen, die mit Ex- und Importerlaubnissen einen wüsten Handel treiben, davon Besitz. Dazwischen sitzen zweideutige Kuriere kleinerer Staaten, die Geld und Juwelen für entsprechende Provisionen ins Ausland schmuggeln, um sie vor dem Zugriff der einheimischen Behörden in Sicherheit zu bringen. Mit falschen und echten Pässen wird ein schwunghafter Handel betrieben. Personen erscheinen und verschwinden nach geheimnisvollem Flüstern. Versiegelte Pakete wechseln hin und her. Manchmal erhebt sich ein wüster Skandal, der sich bis zu Tätlichkeiten steigert. Dazwischen drängt sich allerhand Weibliches, teil mit erotischen, teils mit politischen Absichten."

Immer deutlicher zeichnete sich an der Front und im Hinterland der Zerfall ab. Das agrarisch so reiche Ungarn sperrte sich gegen Lebensmittellieferungen, und schließlich beorderte die Budapester Regierung die ungarischen Truppenteile von den Kriegsschauplätzen in die Heimat, zum Schutz der eigenen

Grenzen. Der Umsturz, der zu Recht so genannt wird, weil er alle bisherigen Ordnungen auf den Kopf stellte, war nur das radikale Ende eines allmählichen Zersetzungsprozesses. Am 11. November 1918 verzichtete Kaiser Karl auf die Ausübung seiner Herrscherrechte. Einen Tag später wurde vor dem Parlament die Republik Deutschösterreich proklamiert. Die „Reichshaupt- und Residenzstadt" Wien gehörte der Vergangenheit an.

## X

## VOM NULLPUNKT ZUM „ALPENDOLLAR"

Das Leitmotiv Wiens kurz vor 1914 war der „Walzertraum" des subtil komponierenden Oscar Straus, voller leichtsinniger Melancholie, schnitzlerisch angehaucht, eine Melodie lächelnden Verzichts. Das musikalische Bild des verdüsterten Nachkriegs-Wien aber ist Maurice Ravels „La Valse", die gespenstische Vision eines Untergangs im Dreivierteltakt. Am 11. Jänner 1919 starb in seinem kleinen Zimmer im „Graben-Hotel", ganz hoch oben, der merkwürdige Poet Peter Altenberg, seit Jahren Dauergast. Diese Vorliebe für das Leben als „Unbehauster", die er mit Rilke und Joseph Roth teilte, war in Wien sehr selten, zum Unterschied von Paris. P. A.s Tod in jenem Winter hatte etwas Symbolisches. Gerade zur rechten Zeit war dieser Mann gegangen, denn er, der sich so oft zur eleganten Ringstraßenwelt in Widerspruch setzte, hatte dennoch nur in ihr eine Daseinsmöglichkeit besessen.

„Der Rest ist Österreich", sagte der unentwegte Hasser Clemenceau, und dieses Österreich, der verbliebene Rumpfstaat eines vordem autarken Hoheitsgebildes, war von den meisten seiner einstigen Versorgungsräume abgeschnitten, blieb sich selbst und seiner Erschöpfung überlassen. Am schwersten machte sich zunächst der Verlust der riesigen schlesischen Kohlenreviere fühlbar. Da die Lieferung von Brennmaterial ausfiel, kam der Bahnverkehr fast zum Erliegen. Zeitweise fuhren auf der so wichtigen Westbahn nur zweimal pro Woche Züge mit Personenbeförderung, verwahrloste Garnituren, in denen es vielfach nur wenige ganze Fenster gab. Solche drastischen Einschränkungen entfesselten auf den Bahnhöfen wüsten Andrang der Reisenden zu den tatsächlich abfahrenden Zügen, man raufte um die Plätze, und wer sein Gepäck nicht fest in der Hand oder scharf im Auge behielt, der konnte es sehr leicht los sein, denn es gab mehr Kofferdiebe denn je, die entweder für sich selbst Brauchbares oder Eintauschenswertes an Kleidung und Schuhen zu ergattern hofften. Die erhebliche Drosselung der Frequenz war nicht zuletzt auch das Resultat der Zerreißung des rollenden Materials der k. k. Staatsbahnen. Österreich verblieb zwar eine verhältnismäßig große Anzahl von Lokomotiven - mit leeren Tendern -, aber die Aufteilung der Waggons unter den Nachfolgestaaten kam einer Ausplünderung gleich. So brachte das Jahr 1919, wie nicht anders zu erwarten, einen Tiefpunkt des Fremdenverkehrs.

Das heißt: man sah wohl nicht wenige Ausländer in der Stadt, aber nicht immer diejenigen, die man gern willkommen geheißen hätte. Italienische Offiziere in hellblauen Pelerinen, Mitglieder der Waffenstillstands-Militärmission, und Emigranten des ungarischen Bürgerkriegs zwischen der Räterepublik Béla Kuns und der Nationalarmee Admiral Nikolaus Horthys. Im Untergrund ging der Kampf auf Wiener Boden weiter. Im Café „Imperial" hatten sich nun geflüchtete Budapester kommunistische Funktionäre eingenistet, der Stützpunkt ihrer Gegner war das Grand Hotel, von dort aus starteten sie Entführungsaktionen. Auch Sowjetagenten tauchten auf, um sich an den Vorbereitungen zu einem Putsch zu beteiligen, der dann bereits in den Anfängen von der Polizei vereitelt wurde.

Andere Fremde freilich kamen und wurden den Wienern rasch zu Freunden: Es waren die Hilfskomitees der neutralen Staaten Schweiz, Schweden und Niederlande, die mit ihren Aktionen bedeutende Taten im Dienst der Menschlichkeit setzten. Scharen ausgehungerter Wiener Kinder gingen unter der Obhut dieser Helfer auf die große Reise in die Länder, wo Schokolade wahrhaftig kein Fremdwort war.

Gleichzeitig vollzog sich ein wichtiges kulturelles Ereignis: die Sicherung der gefährdeten Hofoper, nun „Operntheater" genannt. Noch vor dem Zusammenbruch war die Berufung von

Richard Strauss entriert worden. In der neuen republikanischen Ära übernahm er die Leitung des Hauses, gemeinsam mit dem hervorragenden Dirigenten, aber sehr empfindlichen Menschen Franz Schalk. Ein a priori problematisches Duumvirat, das nur bis 1924 bestand, doch in jenen Jahren künstlerische Sternstunden brachte und neben den 1920 ins Leben gerufenen Salzburger Festspielen überzeugender Ausdruck einer ersten Selbstbestätigung des kleinen Österreich war.

Bereits während des Krieges hatte der Verfall der Währung begonnen. Zu Ende des Jahres 1919 war die Krone schon auf ein Dreißigstel ihres Friedenswertes abgesunken. Die Teufelsspirale begann sich immer schneller nach unten zu drehen. Allenthalben eröffneten Banken, von denen die meisten oft skandalös und immer für viele ruinös bald wieder liquidierten. Zuweilen stellte die abgetretene Schicht für dieses oder jenes nicht ganz lupenreine Unternehmen eine Galionsfigur. Es kam zu abenteuerlichen Konsortien von Ancien régime und Hasardeuren, guten und schlechten Manieren, traditionellen Verhaltensmaximen und skrupellosem Nützen des Augenblicks. „Vorkriegscharakter" und „alte Schule" wurden zum Signum eines mühsam bewahrten Stils im Privaten wie im Geschäftlichen. „Man lebte zwischen Millionen, Milliarden und Null", schrieb Carl Zuckmayer über jene Phase in Berlin, es galt, etwas abgeschwächt, auch für Wien. Die Tatsache, daß die Krone, am Kurs des Schweizer Franken orientiert, gigantische, aber illusorische Stellenwerte erreichte, machte jedem Wirtschaftszweig eine reelle Kalkulation unmöglich. Wie sollte der Hotelier einem Gast den bindenden Zimmerpreis nennen, die Konsumation richtig berechnen, wenn die Gestehungspreise für Alltägliches zwischen Frühstück und Abendessen um ein Mehrfaches anstiegen? Wer allerdings konsolidierte Devisen mitbrachte, war natürlich ein König. Er wechselte harte Währung gegen dicke Bündel von Banknoten ein, verlor aber nicht dabei, weil er immer weniger für immer höhere Papierkronenbeträge zu geben brauchte. In astronomischen Höhen hingegen bewegten sich die Wechselgeschäfte zwischen der Krone und der noch schlimmer vom inflatorischen Sturz betroffenen Mark.

In dieser Stadt voller Arbeitsloser, Heimkehrer, abgefertigter Beamter des einstigen, nun viel zu großen Staatsapparates und Notleidender der verschiedensten Schichten, Verarmter und seit je Armer, florierte, fettaugenhaft oben, das Nachtleben, der hektische Vergnügungsbetrieb. Die Hotels richteten Bars ein, in denen Jazzbands - was man damals dafür hielt - die neuesten Tänze spielten. Für solo anwesende Damen gab es „Eintänzer", junge Männer, deren Kapital in gutem Aussehen, tadellosen Manieren und einem Smoking aus zweiter Hand bestand. „Adieu, mein kleiner Gardeoffizier" hieß ein aus Berlin importierter Schlager der Saison. Zeittypisch, schwer drückende Schicksale auf die leichte Schulter genommen. Im Wien der Zwischenkriegszeit wurden mehrere solche symptomatische Lieder populär, wie etwa jenes vom Ringelspiel als einer Freude, die sich auch der kleine Mann leisten könne. In den Nobelhotels empfand man dieses Treiben als Einbruch einer grellen, lärmenden, unfeinen Zeit, den man eben dulden mußte. Früher gab es die Salonmusik und die Zigeuner, es gab den „Mulatság", weiß Gott, das waren Saturnalien mit zerschmissenen Champagnergläsern und manchen Exzessen, aber sie spielten sich in geschlossenen Zirkeln ab. Und im Fall der Frau Sacher gar hatte eine souveräne Rüge auch hochgeborene Ungebärdige zur Räson gebracht.

Mitten in der Inflationszeit nahm Wien als Filmstadt einen ungeahnten Aufschwung. Sascha Kolowrat, der böhmische Graf, ungemein aktiver Chef seiner „Sascha-Film", produzierte mit einem enormen Aufwand an Darstellern, Komparserie und Bauten Monsterfilme nach italienischem und amerikanischem Vorbild. Der Regisseur Michael Kertész, später als Michael Curtis in Hollywood tätig, drehte für Kolowrat „Sodom und Gomorrha", „Die Sklavenkönigin" und nach Schnitzlers Drama den „Jungen Medardus", Werke, die in den frühen zwanziger Jahren in den Kinos von ganz Europa liefen.

Trotz aller Schwierigkeiten gab das havarierte Wirtschaftsgefüge erstaunliche Lebenszeichen, die sich auch auf den langsam wieder anlaufenden „richtigen" Fremdenverkehr auswirken sollten. Eigentlich begann es mit der hingeworfenen Frage eines Fabrikanten: „Warum hat Wien nicht längst eine Messe gegründet wie Leipzig?" Sie wurde, eher rhetorisch, einem Sektionsrat des Handelsministeriums gestellt, dem Dr. Ernst Lothar, in bewährter österreichischer Personalunion Beamter und Autor (sein Wien-Roman „Der Engel mit der Posaune" war ein literarischer Welterfolg der Zeit nach 1945). Lothar nahm die Anregung auf, faßte sie in die Form eines Aktenstücks, das er den kompetenten Instanzen zuleitete. Das Endresultat: am 11. September 1921 wurde die erste Wiener Messe eröffnet, die funktionslos gewordenen Hofstallungen wandelten sich zum „Messe-Palast", und als Schwerpunkt des sich rasch zur Institution entwickelnden Novums stand die Rotunde zur Verfügung.

1924 war der Kulminationspunkt der katastrophalen Geldentwertung endlich überschritten, und eine Normalisierung bahnte sich an. Die Wende war die Einführung der Schillingwährung im Verhältnis 1 Schilling:10 000 Papierkronen. Eine namhafte Völkerbund-Anleihe wurde zum Teil für den Bau neuer Waggons und die dringend notwendige Modernisierung des österreichischen Bahnwesens verwendet. Dabei ergab sich ein Schulbeispiel für die Erkenntnis, daß sich allzu gieriges Requirieren letzten Endes nicht lohnt. Die Tschechoslowakei hatte nach 1918 beträchtliche Bestände an Staatsbahngarnituren beansprucht und auch erhalten. Das besiegte Österreich sah sich nun einfach gezwungen, neues rollendes Material zu beschaffen, sobald es dazu in der Lage war. Effekt: ab Mitte der zwanziger Jahre reiste man in Österreich in modernen Zügen, während in der ČSR veraltete, wesentlich unbequemere Waggons aus der „Beute" liefen. Ein Umstand, der manche Beobachter der Verhältnisse mit heimlicher Schadenfreude erfüllte.

Nach schrittweiser Aufhebung inflationsbedingter Sonderabgaben konnte auch die Wiener Hotellerie wieder investieren, um die Spuren unvermeidlicher Abnützung aus der Kriegs- und der unmittelbaren Nachkriegszeit zu beseitigen. Der bereits 1923 abgehaltene erste internationale Polizei-Kongreß war der „Vorreiter" einer stattlichen Reihe von Großveranstaltungen und Tagungen in den folgenden Jahren. Die Devise „Treffpunkt Wien" fand wieder Anwert. Schon allein die kulturelle Anziehungskraft wirkte im gesamten deutschsprachigen Raum und weit darüber hinaus. Man fuhr zu den großen Aufführungen der Oper und des Burgtheaters, zudem setzten nun „Die Schauspieler im Theater in der Josefstadt unter der Führung von Max Reinhardt" einen neuen künstlerischen Akzent. Reinhardt, seit seiner Salzburger „Jedermann"-Inszenierung ein zumindest zeitweise in die österreichische Heimat Zurückgekehrter, war sogar als Kandidat für die Burgtheaterdirektion im Gespräch gewesen. Doch dann fand er die für ihn ideale Wiener Wirkungsstätte im Theater in der Josefstadt, dessen völlige Neugestaltung nach seinen Intentionen der allmächtige Camillo Castiglioni finanzierte. Mit Millionenbeträgen - in harter Währung versteht sich.

In der niemals von Angehörigen des Erzhauses bewohnten Neuen Hofburg konnten nun die Antikensammlung des Thronfolgers aufgestellt und die kaiserliche Gobelinsammlung mit Meisterwerken der flämischen und der französischen Tapisserie des Barocks entsprechend präsentiert werden. In der Alten Hofburg und im Schloß Schönbrunn wurden die einstigen kaiserlichen Wohn- und Repräsentationsräume für das Publikum geöffnet.

Ein starkes Kontingent der ausländischen Gäste kam aus Ungarn und den Balkanstaaten, Reisende, die unterwegs zur Kur in Baden oder auf dem unverändert beliebten Semmering in Wien längere Station machten. Täglich verkehrten um 1925 in den Kopfbahnhöfen fünf große Expreßzüge, nämlich der Orient-, der Ostende- und der Arlberg-Expreß (alle drei von der „Compagnie Internationale des Wagon-Lits" betrieben) sowie der Wien-Rom- und der Berlin-Wien-Expreß. Auf den alten

Reichsstraßen, nun Bundesstraßen, sausten immer mehr Opel, Horch, Austro-Daimler und Tatra dahin. Auch der Flugverkehr gewann bereits eine gewisse Bedeutung. In Aspern, dem Sitz der „Österreichischen Luftverkehrs A. G.", gab es seit 1922 einen geregelten Liniendienst, gegen Ende des Jahrzehnts wurde Aspern von den meisten europäischen Zentren aus angeflogen.

Während der Schilling unter den Währungen Europas seinen Ruf als „Alpendollar" gewann, bildete sich in der „Alpenrepublik" selbst trotz aller politischen Spannungen und Gegensätze bereits so etwas wie ein „Österreich-Bewußtsein" heraus, das sich nach außen in verstärkter Werbung für den Sommerurlaub und den Wintersport in den Gebirgsgegenden und für Wien als ein zu allen Jahreszeiten reizvolles Reiseziel dokumentierte. Der Veranstaltungskalender jener Jahre wies eine Reihe von Höhepunkten auf. Wahrhaftig an die große Glocke durfte man es hängen, daß am 4. März 1925 zum erstenmal seit fünfzig Jahren (!) die Pummerin wieder geläutet wurde, die für die Wiener seit ihrem Guß aus dem Schmelzguß türkischer Kanonenrohre immer ein Symbol war. Auf sportlichem Gebiet herrschte freilich noch nicht der Geist des Verbindenden, so fanden im Juli 1926 kurz hintereinander zwei Treffen unter verschiedenen Vorzeichen statt: zuerst das Arbeiter-Turn- und Sportfest und eine Woche später das Deutsche Turnerfest.

Mit dem Jahr 1927 trat eine kulturell-fremdenverkehrsfördernde Institution der Gemeinde ins Leben: die „Festwochen in Wien", wie sie damals hießen, in der Programmierung wohl noch nicht so vielfältig wie die „Wiener Festwochen" ab 1951, aber mit einem durchaus sehens- und hörenswerten Angebot an Theater- und Opernaufführungen, Konzerten und Ausstellungen. In jenem ersten Frühsommer lief im Messepalast die Schau „Wien und die Wiener", die neben den Zeugnissen Alt-Wiens auch die beachtlichen Leistungen des kommunalen Wohnbaus präsentierte, die als sozialpolitische Errungenschaften in ganz Europa Interesse fanden. Zwischen Verpflichtungen an seinem Theater in der Josefstadt und bei den Salzburger Festspielen inszenierte Max Reinhardt im Wiener Zirkus Renz sein berühmtes Monster-Spektakel, Carl Vollmoellers „Mirakel". Kurz danach, im heißen Juli, machte Wien in der internationalen Presse Schlagzeilen: Der Justizpalastbrand war ein Fanal der inneren Tragik dieses Landes.

1928 fand die größte Veranstaltung jenes Dezenniums statt, die Feier von Schuberts hundertstem Todestag. Das Jubiläum stand ganz im Zeichen des „Liederfürsten", es war vor allem ein Sängerfest im Sinn der späten Romantik mit deutschnationalen Zügen - offiziell das „10. Deutsche Sängerbundfest". Aus allen Gegenden Österreichs und Deutschlands kamen die Männerchöre nach Wien, man zählte insgesamt 200 000 Teilnehmer. Die Schubertianer jener Epoche erinnerten in ihrer idealistischen Haltung an die Wagnerianer: Ehrung war Weihe, die Reise zu den Gedenkstätten glich einer weltlichen Wallfahrt. An verschiedenen Punkten der Stadt und der Wienerwaldlandschaft wurden „Schubert-Linden" gepflanzt, heute noch in manchen Grünflächen als stattliche Bäume zu sehen. Außerdem kam die Musikwissenschaft mit einem Schubert-Kongreß zu Wort, bei dem auch ein, wie es schien, völlig aus dem Rahmen fallendes „enfant terrible" figurierte, nämlich der junge Komponist Ernst Krenek, der ein Jahr zuvor mit der Uraufführung seiner „hypermodernen" Oper „Johnny spielt auf" an der Staatsoper Wien einen von Empörungsstürmen kultureller Gralshüter kontrapunktierten Sensationserfolg zu verzeichnen gehabt hatte. In der Liste der Leihgeber für die Zentenarausstellung der Stadt Wien ist auch „Herr (Dr.) Stefan Zweig" genannt. Zugleich aber wurde, nach der Feststellung des Musikhistorikers Robert Werba, „Schubert in einem ungeahnten Ausmaß kommerzialisiert. Aus Schubert wurde in seinem Ehrenjahr ein Marktartikel von Industrie und Gewerbe". Allein aus dem sehr vielfältigen kulinarischen Angebot seien nur die „Schubert-Weichseln" erwähnt, die allerdings nicht so beständig und krisenfest das Bild eines Genies ins Bonbonniere-Format brachten wie die Mozartkugeln . . .

Auch das Jahr 1929, das mit Rekordtemperaturen tief unter Null und einem der strengsten Winter dieses Jahrhunderts begann, zeigte für Wien als Sammelpunkt ein durchaus „pluralistisches" Relief. Da gab es den Katholikentag ebenso wie ein internationales sozialistisches Jugendtreffen oder einen Festzug der Gewerbetreibenden. Und wer nicht selbst dabeisein konnte, dem vermittelte das neue Medium des Rundfunks, die seit 1925 sendende RAVAG, zumindest akustische Eindrücke und Schilderungen in großen, technisch noch sehr schwierigen Direktreportagen.

Im Sommer 1929 vereinigte der 7. PEN-Club-Kongreß die Spitzen der damals zeitgenössischen Literatur bei Sitzungen und gesellschaftlichen Veranstaltungen auf Wiener Boden. Man sah den souveränen Thomas Mann, jeder Zoll ein hanseatischer Patrizier, den lebhaften Luigi Pirandello, selbst wie eine Figur aus seinen hintergründigen Komödien, den sanften vergeistigten Inder Rabindranath Tagore und viel andere Prominenz, deren Namen das Leserpublikum von den Buchtiteln kannte. Besondere Ehrungen galten John Galsworthy, dem alten Londoner Gentleman, mit dem Romanzyklus „Die Forsyte-Saga" der bewunderte Epiker der Epoche des British Empire. Seinem Stil als Schriftsteller und Mensch gemäß die Festrede, die er hielt. Darin nannte er den Tagungsort Wien „die Schule der Lebenskunst, die Stadt der Artigkeit und die Wiege jener guten Manieren, die einem wohlgesitteten, gütigen Herzen entspringen".

## XI

## TROTZ ALLEM „BLÜHT DER FLIEDER“ ...

Für die Festwochen des Jahres 1929 hatte Max Reinhardt im Arkadenhof des Rathauses Georg Büchners Drama „Dantons Tod“ inszeniert. Kurz darauf starb überraschend in Rodaun Hugo von Hofmannsthal, damit verstummte eine der berufensten Stimmen Österreichs. Am 25. Oktober schlug weltweit eine Schicksalsstunde: Der katastrophale Kurssturz an der New Yorker Börse, der berüchtigte „Schwarze Freitag“, war der Auftakt zur globalen Wirtschaftskrise, die sich in allen Industrieländern verheerend auswirkte. Selbst die USA mit ihrem Nimbus des Reichtums gerieten in eine Talfahrt, aus der erst der „New Deal“ des 1932 gewählten Präsidenten Franklin D. Roosevelt allmählich wieder herausführte.

Um jene Zeit, 1929, vollzog sich abseits von Politik und Wirtschaft eine Neuerung, die für die Rufbildung Wiens im Ausland indirekt wesentliche Bedeutung erlangen sollte. „Die Leinwand lernte sprechen.“ 1927 war in Amerika der erste Tonfilm gedreht worden. Europa zog mit eigenen Tonverfahren nach. (Was auch hieß, daß sich die Kinobesitzer mitten in der schlechten Zeit auf neue, teure Apparaturen umstellen mußten.) Tonfilm, das bedeutete nicht nur Dialog, sondern auch Musik, nicht mehr als separate Untermalung, sondern als Teil des Ganzen. In der Musikstadt Wien vollends ergab die Verbindung von Themen, welche der gefühlsmäßig erklärbaren Neigung zur Flucht weiter Publikumskreise in eine glorifizierte Vergangenheit entgegenkamen, mit dem spezifischen Milieu und dem großen alten und neuen Melodienschatz eine spezielle Gattung: eben den „Wiener Film“. Keine andere Großstadt erlebte solch eine filmische Hervorhebung und Identifizierung – man könnte vielleicht allenfalls noch von einem typischen „Pariser Film" sprechen, dessen Stil der große René Clair prägte. Der erste richtige Wiener Film dieser Art entstand übrigens in Berlin, er hieß „Der Kongreß tanzt", war in seiner Zeichnung des Ambiente freilich nicht sehr glaubwürdig, wies aber bereits viele der dann oft variierten Charakteristika auf: eine Lustspielhandlung in reizvollem historischem Rahmen, dankbare Rollen, wienerische Musik und eine Grundstimmung, die sich in das Motto „Wien und der Wein" fassen ließ. Nach diesem Rezept wurde nun jahraus, jahrein fleißig gedreht, selten in solchem künstlerischen Spitzenrang, wie ihn Willi Forst mit seiner „Maskerade" erreichte, öfter auf die gute Mittelklasse orientiert, noch häufiger allerdings nach dem Schema: beliebte Komiker plus Heurigenmilieu, Deutschmeistermarsch und wehmütige Verklärung des „alten Fiakers" als Symbolfigur eines stetigen Rückzugs vor dem Neuen. (1926 gab es insgesamt nur noch dreißig „Zeugeln", sie waren in der Tat zum Relikt aus dem Gestern geworden!) Natürlich schufen derartige Streifen ein Klischeebild der immer lustigen Donauphäaken, das „Dulliäh" wurde nie so populär wie gerade in den problembelasteten dreißiger Jahren, indes, der Film war das einzige Massenmedium, das überhaupt lebendige wenn auch sehr einseitige Eindrücke von dieser Stadt vermitteln konnte. Daß die Realität von solchen Träumen erheblich abwich, stand auf einem anderen Blatt.

1930 starb Frau Anna Sacher. Seit längerem schon hatte sie in ihrem Comptoir mehr mit Reminiszenzen, Toten und Verschwundenen als mit der Wirklichkeit gelebt. Im Entgleiten hatte die einst so Realistische nicht mehr begriffen oder nicht wahrhaben wollen, wie schlimm es um ihr Unternehmen stand, das nach ihrem Tod mühsam saniert werden mußte.

Engpässe und Sanierungsversuche waren damals an der Tagesordnung. 1929 war die Bodencreditanstalt gekracht, einst das vornehmste Geldinstitut der Monarchie. Nach der in jener Zeit praktizierten Taktik, die riesigen Schulden- und Verlustpakete dem Nächststärkeren aufzubürden, mußte die Creditanstalt das bankrotte Haus abfangen. Doch im Mai 1931 sah sich deren Leitung genötigt, selbst den Canossagang anzutreten und der Bundesregierung mitzuteilen, daß sie faktisch vor dem Ruin stehe. Würde der Zusammenbruch nicht verhindert, dann wären die Folgen für die Gesamtwirtschaft des Staates nicht auszudenken, da keine andere, noch größere Privatbank existierte, die als Stützpfeiler in Betracht gekommen wäre. Wieder einmal begann rege „Reisediplomatie", um ausländische Anleihen aufzutreiben, was 1932 in Lausanne gelang.

Während jener Jahre kam gerade dem Fremdenverkehr enorme Bedeutung zu, da so die Lücken in der Zahlungsbilanz gefüllt werden konnten, Ausfälle, die durch das Überwiegen der Importe vor den Exporten entstanden. Im Flugwesen waren seit der Atlantiküberquerung des einsamen Charles Lindbergh Rekordflieger große Publikums-Asse, die bei der Zwischenlandung in Wien-Aspern von riesigen Menschenmengen erwartet und begeistert gefeiert wurden. 1927/28 kannte jeder die Namen Leviné, Chamberlain, Köhl und Hühnefeld. Binnen sechs Jahren hatte sich der Luftverkehr rapid intensiviert. Zählte man 1922 620 Flüge in Aspern, so waren es 1928 schon fast 7 900, wobei für damalige Verhältnisse die Frequenz beeindruckt, auch die Zahl der Flugreisenden – über 16 000 (1928) – hört sich ganz respektabel an, aber beim Dividieren der beiden Faktoren erweist das Resultat die sehr geringe Besetzung der einzelnen Maschinen. Ganz anders lagen die Dinge bei den Luftschiffen, im deutschen Raum nach ihrem Protagonisten, dem Grafen Ferdinand Zeppelin, allgemein die „Zeppeline" genannt. Oder nach der Form auch „die fliegenden Zigarren". Sie galten um 1930 als die große Zukunft des Luftverkehrs, da sie im Vergleich zu den Flugzeugen ein Vielfaches an Passagieren befördern konnten. Eine Sensation war der Flug der LZ 127 über Wien im Sommer 1931. Handikaps waren die verhältnismäßig geringe Geschwindigkeit, damals zirka 125 Stundenkilometer, und die bedrohliche Möglichkeit einer Entzündung der Gasfüllung. Dies sollte die Welt – wie so oft durch eine Katastrophe – um eine Erfahrung reicher machen, als die „Hindenburg" am 6. Mai 1937 beim Andocken in Lakehurst, USA, in Brand geriet.

Die „Arbeiterolympiade" von 1931 markierte den Versuch einer von einer einzigen Schicht bestrittenen sportlichen Großveranstaltung. Zu Beginn dieser dreißiger Jahre, während im Deutschen Reich die NSDAP zum Entscheidungskampf um die Macht im Staat rüstete, regten sich auch in Wien die Nationalsozialisten, neben den rechtsorientierten Wehrverbänden und dem sozialdemokratischen Republikanischen Schutzbund traten sie offiziell als militante Partei in Erscheinung, dies ging sogar so weit, daß im Herbst 1932 ein Gauparteitag in Wien abgehalten wurde, mit Braunhemden, Hakenkreuzfahnen und dem aus Berlin angereisten Hermann Göring als Hauptredner. Das innenpolitische Klima, bestimmt von drei einander heftig befehdenden Gruppierungen, verschlechterte sich zusehends. Es bot zusammen mit den Ödön-von-Horváth-Situationen der wirtschaftlichen Not und der Arbeitslosigkeit - Ausgesteuerte ließen sich für ein warmes Mittagessen oder ein paar Schilling zu politischen Kundgebungen anheuern - den düsteren Hintergrund, vor dem Wien trotz allem bestrebt war, sich als die Stadt zu zeigen, in welcher der Flieder am herrlichsten blühte, „draußen im Schönbrunnerpark" und anderswo ...

Wenngleich die Deutschen noch keineswegs so zahlreich kamen wie in unseren Zeiten, waren sie doch ein wichtiges Kontingent des heimischen Fremdenverkehrs, besonders in den bayerisch-salzburgischen Grenzgebieten und in Tirol. Hitler wußte genau, womit er das widerspenstige Österreich am empfindlichsten treffen konnte, als er, kurz nach der Machtergreifung, im Mai 1933 - gerade rechtzeitig vor der Sommersaison - die „Tausendmarksperre" verhängte. Reisende mit Zielen in Österreich mußten in Deutschland diesen Betrag erlegen, in Friedens-Reichsmark wohlgemerkt, eine exorbitante Summe! Wer konnte sich das schon leisten? Diese Maßnahme führte zu beträchtlicher Drosselung des Touristenzustroms aus dem Nordwesten. Unfreiwillig komische Begleiterscheinungen der unguten Sache hob Erich Kästner in seinem vielgelesenen und verfilmten Roman „Der kleine Grenzverkehr" hervor.

Kaum einen Monat später reagierte die Regierung Dollfuß auf die Berliner Verfügung und auf die bedenklich verstärkten Aktivitäten im Inneren mit einem Verbot der NSDAP in Österreich. Die Braunhemden verschwanden, nicht aber ihre bisherigen, nun in der Illegalität untertauchenden Träger. Fortan bedienten sie sich häufig eines anderen Kennzeichens: weißer Trachtenkniestrümpfe. Die Konservativen, namentlich die Monarchisten indes wählten als Kopfbedeckung, auch für die Innenstadt und gerade dort, den schwarzen alpenländischen Trachtenhut, möglichst verwegen geformt, verwittert und mit vielen Abzeichen besteckt, während der klassenbewußte Arbeiter die aus Mantelstoffresten genähte Sportkappe aufsetzte. So trug jede der Gruppierungen durch ein Detail ihre Überzeugung zur Schau. Ganz abgesehen von den Uniformen der verschiedenen paramilitärischen Verbände, die immer wieder aufmarschierten . . .

Punkto Fremdenverkehr war anno 1933 das Hauptereignis der Katholikentag, der Anfang September stattfand, verbunden mit der 250-Jahr-Feier der Türkenbefreiung von 1683, neben dem historischen Rückblick machten sich dabei die Tendenzen einer politischen Kundgebung bemerkbar. Zukunftsorientiert hingegen war eine in Wien tagende paneuropäische Wirtschaftskonferenz unter dem Vorsitz Richard Coudenhove-Kalergis.

Im Schicksalsjahr 1934 mit den tragischen Bruderkämpfen des Februar wurde der Bau der „Höhenstraße" auf den Kahlenberg und den Leopoldsberg begonnen. Ein Vorhaben, das nicht durch rein verkehrstechnische Notwendigkeit bedingt war, sondern die bessere Erschließung der Wienerwaldlandschaft zum Ziel hatte. Außerdem fanden dabei viele zur Untätigkeit gezwungene Männer Beschäftigung und Verdienst. Notstandsarbeiten nannte man das. Ähnliche Erwägungen waren 1930 für den Bau der Großglockner-Hochalpenstraße ausschlaggebend gewesen. (Die feierliche Eröffnung fand am 3. August 1935 statt.) All dies trug der wachsenden Motorisierung des Fremdenverkehrs Rechnung und zählt zu den unbestreitbaren Leistungen des armen Österreichs der Zwischenkriegszeit.

Mit dem Jahr 1937 bahnte sich bereits die Wende an, überall war spürbar, daß die Entwicklung einer Entscheidung zutrieb. Einem demonstrativen Akt kam ein heute vergessenes Ereignis gleich. Im Hotel „Imperial", nach wie vor das Logis bei Staatsbesuchen, war es schon damals Usus, die jeweilige Flagge zu hissen. Als nun im Februar 1937 der Reichsaußenminister Konstantin von Neurath abstieg, mußte man wohl oder übel konsequent sein und die sonst streng verbotene Hakenkreuzfahne aufziehen, was die Nationalsozialisten mobilisierte. Sie scharten sich auf dem Ring vor dem Hotel und sangen das Horst-Wessel-Lied. Schon witterten sie Morgenluft, indessen die Legitimisten wirklichkeitsfern von einer baldigen Rückkehr Otto von Habsburgs sprachen und Max Reinhardt vor dem Beginn der Salzburger Festspiele sagte: „Man spürt den Geschmack der Vergänglichkeit auf der Zunge."

Und seltsam: die Epoche, die nun anheben sollte, kündigte sich durch ein erstes balladeskes Feuerzeichen an. Am 17. September 1937 brach in der Rotunde ein Brand aus, der das riesige Gebäude einäscherte. Damals eine Sensation, einige Jahre später hatten sich die Begriffe von Katastrophen und Vernichtung gewandelt ...

Die Ereignisse des März 1938 hatten, was Hitlers Verhältnis zum Stadtbild und architektonischen Erbe Wiens betraf, einen besonderen, kaum bekannten Akzent. Der Ringstraßenstil stand bei der Generation der damals Erwachsenen nicht sehr hoch im Kurs, ja viele negierten ihn kategorisch, sprachen ihm alle künstlerischen Qualitäten ab. Das war eine Art ästhetischer Sohnesrevolte gegen die Welt der Väter. Hier aber kam ein Mann, der gerade diese Architektur seit seinen Jugendtagen mehr bewunderte als das grandiose Wiener Barock, die Ringstraße hatte ihm als Manifestation von Macht und Pracht einen unauslöschlichen Eindruck hinterlassen.

Dahin waren die Zeiten, als noch der unvergleichlich elegante Prince of Wales, die Galionsfigur unter den illustren Gästen der Wiener dreißiger Jahre, seine erlesenen Parties gegeben hatte. Der ging nun als Exkönig Eduard VIII. und Herzog von Windsor andere Wege. Die ersten Fremden, die ab sofort ausblieben, waren die nun nicht mehr genehmen vermögenden Budapester und Prager Juden, die sich bisher regelmäßig eingestellt hatten. Da hatte reger „Wechselverkehr" geherrscht, denn die ungarische Hauptstadt, per Bahn oder Schiff leicht erreichbar, war mit Wien enger als je zuvor verbunden gewesen, so eng, daß die Autoren mancher Wien-Führer ein Kapitel Budapest widmeten und ihren ausländischen Lesern einen „Abstecher" dorthin empfahlen.

Dafür kamen aus dem „Altreich" nicht nur Deutsche, die in dienstlicher oder politischer Funktion nach Wien beordert wurden, sondern auch die „KdF"-Gruppen. „KdF", das hieß „Kraft durch Freude", eine etwas mühsame Wortprägung für eine Organisation, die bereits Sozialtourismus betrieb und ihren Mitgliedern nun auch die „Ostmark" zeigen wollte. Und es kam sehr rasch auch die Gestapo, die Geheime Staatspolizei, sie schlug ihr Hauptquartier im Hotel „Metropol" am Franz-Josefs-Kai auf, das, gründlich „umfunktioniert", bis zu seiner Zerstörung durch Bomben zum düsteren Symbol der Schrecken politischer Verfolgung und der Verschickung in die KZs wurde.

Mit dem Anschluß Österreichs war im Status Wiens eine einschneidende Wandlung eingetreten, die vorläufig eine jahrhundertelange kontinuierliche Entwicklung beendete: Wien war nicht mehr Hauptstadt, sondern der südöstliche Schwerpunkt des Großdeutschen Reiches, der Brückenkopf der deutschen Balkanpolitik. Deshalb wurden hier, im Schloß Belvedere, von den Außenministern der Achsenmächte, Joachim von Ribbentrop und Galeazzo Graf Ciano, 1939 und 1940 die „Wiener Schiedssprüche" unterzeichnet, welche territoriale Regelungen zwischen Ungarn, Rumänien und der Slowakei betrafen. Ciano, der Schwiegersohn Mussolinis, vertraute die Impressionen aus dem

Jahr 1940 seinem privaten Tagebuch an. Darin liest man: „Die Hotels ermangeln des Notwendigsten und sind dermaßen desorganisiert, daß sie nicht mehr die gleichen zu sein scheinen wie früher. Der Krieg lastet schwerer auf dieser Stadt als auf irgendeiner anderen."

Seit dem Juli 1940 residierte in Wien als Reichsstatthalter Baldur von Schirach, vordem Reichsjugendführer, ein noch junger Mann, musisch, mit romantisch-idealistischen Vorstellungen vom „Donauraum", dessen kulturelle Traditionen er durchaus würdigte. (Unter seiner Ägide wäre es sogar möglich gewesen, daß der künstlerisch verpönte Anton Webern eine Professur an der Musikakademie erhalten hätte. Der Plan scheiterte aber an Weberns mutigem Treuebekenntnis zu Arnold Schönberg.) Während Herr von Schirach hofhielt, wobei er gern Künstler in seinen Kreis zog, schien Wien vom Bombenkrieg der Alliierten, die mit immer radikaleren Bombenangriffen die deutschen Großstädte verheerten, verschont zu bleiben. Dieses Wien galt als der „Luftschutzkeller des Reiches", in dem man die böse Zeit bis zu einem noch unklaren, aber zweifellos ganz anderen „Nachher" zu überstehen suchte. Der Zustrom Deutscher aus den betroffenen Gebieten setzte ein, Scharen von „Ausgebombten" mußten untergebracht werden, und da der Film ein Propagandamittel erster Ordnung war, wichen häufig die Produktionen mit Darstellern und Regiestab in die intakten Wiener Ateliers aus. Immer mehr Uniformen tauchten auf, zwischen den Urlaubern und Verwundeten der Wehrmacht auch Repräsentanten der nicht mehr ganz standfesten Verbündeten, Ungarn, Kroaten, Rumänen. Wien wurde zum Sammelpunkt des allgemeinen Rückzugs. Die Illusion, die Alliierten würden eben doch eine Ausnahme machen, schwand wahrhaftig mit einem Schlag, als am 10. September 1944 der erste der massiven amerikanischen Luftangriffe über die Stadt hinwegrollte. Wie überall richtete sich solche Strategie nicht nur gegen militärische Ziele, barbarisch wurde unersetzliches Kulturgut vernichtet und die wehrlose, diesen Krieg verfluchende Zivilbevölkerung terrorisiert. Je näher das Ende rückte, desto apokalyptischer steigerte sich der zerstörerische Wahnsinn des „totalen Krieges“ - auf beiden Seiten. Als die Oper und das Burgtheater nur noch Fassadenschalen des Bombenschutts waren, als der Stephansdom brannte und schließlich Rotarmisten über den Ring stürmten, schien die absolute Stunde Null gekommen, die Stunde, die nur völligen Untergang bringen konnte oder neuen Beginn.

# XII

# DIE IMMERWÄHRENDE SAISON

Am 15. April 1945 befand sich Wien zur Gänze in der Hand der sowjetischen Truppen. Die ersten Drucke nach den letzten NS-Aufrufen zur bedingungslosen Verteidigung der Stadt waren Exemplare der „Österreichischen Zeitung" – das Blatt wurde von der Roten Armee herausgegeben. Das siegreiche Militär besetzte sofort auch das Hotel „Imperial" und richtete darin seine Dienststellen ein. In ihren Aktionen und Reaktionen immer unberechenbar, respektierten die Russen das große Franz-Joseph-Porträt, das alle Wechselfälle der Geschichte und der Zeitgeschichte überdauert hatte, das Bild blieb unangetastet. (Ähnliches ereignete sich in dem einen oder anderen niederösterreichischen Schloß.) An der ebenfalls im Hotel aufgestellten Statue des „Donauweibchens" hingegen störte irgendeinen uniformierten Puritaner die „Nacktheit", flugs mußte eine Bretterverschalung die marmorne Schöne den Blicken der gestiefelten Schreibstubenhengste entziehen.

Für die Bewohner der schwer angeschlagenen Stadt, im weiten Radius vom sowjetisch besetzten Niederösterreich und Burgenland umgeben, waren Linz und Salzburg plötzlich ganz fern gerückt. Das war „der Westen", Territorium der Amerikaner, gar nicht zu reden von dem sagenhaft weiten Innsbruck, wo die Franzosen einrückten. Zwischen den beiden Hälften des neu erstandenen, in all seinen Entscheidungen gehemmten Staates verlief: die Enns. Vordem und heute ein Fluß, den der Reisende ohne besondere Impressionen überquert, wie jedes andere Gewässer. Damals aber eine Wasserscheide in höherem, nicht geographischem Sinn, ein trennender Graben, ein für viele unüberwindliches Hindernis. Die Demarkationslinie zwischen den beiden Supermächten, die bald, sehr bald nach dem Kriegsende erkannten, daß ihr Zweckbündnis rasch zerbrach. Der „kalte Krieg" stand schon vor der Tür. Der Semmering freilich, Übergangspunkt zu den britisch besetzten Gebieten Steiermark und Kärnten, war im Bewußtsein der Wiener nicht so fest verankert. Kein Zweifel: mit Ausnahme der kleinen Minderheit sich stark gebärdender geeichter Kommunisten und der aus dem Nichts auftauchenden kriminellen Umsturzfiguren, die von der engen Anlehnung an die Besatzungsmacht gewannen, indem sie, die Furcht vor Verschleppung und Repressalien ausnützend, bei der Zivilbevölkerung Sachwerte „requirierten", hofften alle Wiener darauf, daß bald auch „die anderen" kämen. Die Voraussetzung dazu bot das erste Kontrollabkommen der Alliierten vom 4. Juli 1945, bei dem Österreich offiziell in vier Besatzungszonen eingeteilt wurde. Sie unterstanden einem „Alliierten Rat" als oberster politischer Instanz. Wien als Sitz dieses Gremiums erhielt den Status einer Vier-Sektoren-Stadt, ähnlich wie Berlin. Die Gliederung erfolgte nach Bezirksgruppen, und zwar:

Sowjets: 2., 4., 10., 20., 21. sowie die Randbezirke von „Groß-Wien" nach der deutschen Regelung, also unter Einschluß von Klosterneuburg, Schwechat, Liesing und Mödling.

Amerikaner: 7., 8., 9., 17., 18., 19.

Briten: 3., 5., 11., 12., 13.

Franzosen: 6., 14., 15., 16.

Bezeichnend, daß die Amerikaner und die Briten auch hier im „Westen" dominierten, in den historischen Nobelgegenden, wobei die Briten mit dem Schloß Schönbrunn natürlich einen Haupttreffer machten. Im Blumenparterre veranstalteten sie, die Traditionsreichsten der Vier, während der nächsten Jahre große militärische Schaugepränge. Am 1. September 1945 übernahmen die Truppenkontingente ihre Zonen. Die Innere Stadt war fortan gemeinsames Terrain, die Posten stellte in einem monatlichen Turnus jene Besatzungsmacht, welche den Vorsitz im Alliierten Rat führte, am Ultimo oder am Ersten gab's immer die

Wachparade zur Ablösung, zuerst vor dem Justizpalast, während der fünfziger Jahre auf dem Heldenplatz. Als Quartiere für die höheren Ränge und für den organisatorischen Apparat beanspruchten die Alliierten große Hotels. Die Briten zogen ins „Sacher" ein, die Amerikaner ins „Bristol", die Franzosen ins „Kummer" an der Mariahilfer Straße, die Sowjets behielten das „Imperial" und das „Grand Hotel".

Fast unglaublich klingt es, daß die Staatsoper bereits am 1. Mai wieder spielte, und zwar im Volksoperngebäude. Am 6. Oktober eröffnete sie die Saison 1945/46 in ihrem Ausweichquartier, dem Theater an der Wien, mit „Fidelio". Für die Partie des Florestan war der gefeierte Heldentenor Max Lorenz vorgesehen, eine der Stützen des Ensembles. Indes, man mußte umbesetzen, da der Künstler eben „drüber der Enns" festsaß und keine Erlaubnis zur Reise nach Wien erhielt. Dergleichen kam überhaupt häufig vor, aus irgendwelchen, keineswegs immer stichhaltigen Gründen legte die eine oder die andere Besatzungsmacht gegen das Auftreten von Interpreten ihr Veto ein.

Natürlich konnte von einem Fremdenverkehr im normalen Sinn keine Rede sein. Wie denn anders, angesichts der Versorgungslage in einer Stadt, in der alle Bahnhöfe zerbombt, Benzin und alle sonstigen Verbrauchsgüter äußerst knapp waren? Der Schwarzmarkt blühte, obwohl ihn die alliierten Militärpolizeien gemeinsam mit der wieder formierten Wiener Polizei häufig und scharf durchkämmten. Und wie in diese Stadt reisen, wenn man dazu Visa, Sonderdokumente und Stempel brauchte, welche die sowjetischen Kontrollposten an der Zonengrenze mißtrauisch prüften? Beanstandungen konnten sehr unangenehm werden. Erst im Herbst wurde in beschränktem Maß der Reiseverkehr auf den Bahnstrecken von Wien nach Salzburg, Graz und Villach aufgenommen. Improvisation war Trumpf, man mußte sich eben behelfen, und das gelang auch. Die Situation wäre am besten in ein Paradoxon zu fassen: es ging uns schlecht, aber gut. Jeder war von Optimismus und Aufbauwillen erfüllt.

Am 13. November 1945 traf der erste Nachkriegs-Arlberg-Expreß ein, gezogen von einer der „Riesenloks" Baujahr 1929. Die Ankunft dieses Zuges aus Paris war ein Ereignis. Er symbolisierte die Hoffnung auf den neuerlichen Anschluß an die europäischen Fernverbindungen.

Als es bereits etwas besser war, kam ein Londoner Regisseur mit Schauspielern und technischem Team nach Wien, um in dieser Stadt und über sie einen Film zu drehen. Der Gentleman hieß Carol Reed, und sein Streifen hatte den Titel „Der dritte Mann". Eine Kolportagegeschichte im Agentenmilieu und für jeden Wien-Kenner voller jäher Schnitte und labyrinthischer Verwirrungen, weil Mr. Reed die Örtlichkeiten bunt durcheinandermischte. So etwa, wenn er den Eindruck erweckte, als trete man aus einem Barockpalais direkt auf die Trümmerhalde beim Riesenrad. Dennoch: rückblickend entdeckt man viele authentische Züge und findet die Atmosphäre jener Tage glaubhaft vergegenwärtigt. Was der eigenständige Wiener Film nicht vermochte, da er momentan Zwangspause hatte, schaffte „Der dritte Mann". Er brachte Wien wieder ins Gespräch, und die Untermalungsmusik, eine beschauliche Zithermelodie des Heurigenmusikers Toni Karas, die dem Engländer so gut gefallen hatte, wurde als „Harry-Lime-Thema" zum Leitmotiv der Wiener Nachkriegsära.

Weltweit ebenso berühmt wurde eine Institution der Besatzungsmächte, die Interalliierte Militärpatrouille. Je ein amerikanischer, sowjetischer, britischer und französischer Militärpolizist gemeinsam in einem Fahrzeug, genannt „Die vier im Jeep" - obwohl den Jeep bald ein „Command Car" und schließlich sogar eine Limousine ablöste. Berühmt deshalb, weil diese nirgends sonst gegebene Einteilung ein kleines symbolisches Gegengewicht gegen die Erscheinungen des kalten Krieges war, weil damit eine Koexistenz zwischen West und Ost vorexerziert wurde. Allerdings darf man die Bedeutung dieser Geste nicht überschätzen, irgendwie mußten sich die entzweiten Verbündeten ja verständigen und einen Modus des Sicherheitsdienstes finden, aber immerhin ... Am Rande sei vermerkt, daß auch dieses Phänomen die Filmschaffenden auf den Plan rief, mit einer abenteuerlichen Story.

Die Situation der „Vierteilung" spiegelte sich im Alltagsleben in dem offiziellen Personaldokument, das der Österreicher für den Amtsverkehr, vor allem aber für Reisen innerhalb seines Heimatlandes benötigte: Den „Identitätsausweis" bzw. die „Identity Card", „Carte d'Identité", „Udostowerenje Litschnosti" mit der genau vorgeschriebenen Zahl von zwölf Stempeln. In manchen Haushalten haben sich solche Papiere noch in der untersten Lade erhalten, heute geschätzt als Leihgaben für zeitgeschichtliche Ausstellungen.

Bedenkt man, daß durch die verschiedensten Kriegseinwirkungen rund 270 000 Bewohner der Hauptstadt ihre Heimstätten verloren hatten und daß die Alliierten nicht nur die Kasernen, sondern auch Hotels sowie adaptierbare öffentliche und private Gebäude für Bürozwecke und als Offiziersquartiere belegten, dann wird begreiflich, daß die Raumnot allein einer neuerlichen Entwicklung des Fremdenverkehrs hinderlich war. Ganz abgesehen davon: welchen Anreiz konnte das zerbombte, arme Wien Gästen denn bieten? Interessantes Terrain war es vorläufig nur für Auslandskorrespondenten, westliche politische Berichterstatter, „LIFE"-Fotografen. Und welcher Durchschnittsbürger Mittel- und Westeuropas hätte überhaupt das Geld und die Möglichkeit gehabt, über Grenzen zu reisen? Allenfalls die Schweizer, deren Zürcher Bahnhofsstraße damals den Ruf märchenhaften Überflusses und ungeahnter friedensmäßiger Köstlichkeiten erwarb. Einige wenige Emigranten freilich waren bereit, rasch zurückzukehren, normale Verhältnisse gegen die heimatliche Kargheit einzutauschen. Hans Weigel gehörte zu ihnen und Robert Stolz, der 1938 freiwillig weggegangen war. Sein Beweggrund, auf die erstaunten Fragen von Journalisten: „Ich will wieder die Minoritenkirche im Schnee sehen." Wer nur kurz darüber nachsinnt, versteht ihn.

Auf dem mit notdürftigen Improvisationen wieder betriebsfähig gemachten Süd- und Ostbahnhof spielten sich erschütternde Szenen ab: In langen Zügen kehrten Kriegsgefangene aus der Sowjetunion und aus Jugoslawien heim. Viele hatten Jahre in den Lagern verbracht, auch noch nach dem Ende der Kampfhandlungen. Man schrieb bereits 1947. Unvergessen bleibt das Leid der Angehörigen, die sich auf den Perrons drängten, voller Erwartung, mit Fotos in den Händen und der bangen Frage an die Aussteigenden: „Kennt ihr diesen Soldaten? Wißt ihr etwas von ihm?“ Stummes Kopfschütteln. Und dann der Rückweg, allein. Unvergessen auch das unermüdliche Wirken des damaligen Bürgermeisters und späteren Bundespräsidenten Theodor Körner, der mit seinem diplomatisch sehr geschickten Einsatz für die Rückführung, gestützt auf die russischen Sprachkenntnisse als alter Generalstäbler, eine Großtat im Namen der Menschlichkeit vollbrachte.

Das Jahr 1948 markierte eine gewisse Wende. Im Negativen wie im Positiven. Da war die Verschärfung der Lage ringsum. Wien lag nicht weit vom „Eisernen Vorhang“, seit in den Nachbarstaaten Tschechoslowakei und Ungarn die Kommunisten ans Ruder gekommen waren und auf radikal stalinistischen Kurs steuerten. Berlin war zum Konfliktherd geworden. Die Sowjets verhängten die Blockade über die Westsektoren der Stadt, daraufhin organisierten die Amerikaner zur Versorgung den „Airlift“, die legendäre „Luftbrücke“. Das politische Thermometer wies auf Eiszeit. An diesen Härten gemessen ging's uns „ja noch Gold“, wie die Berliner zu sagen pflegen. Das Schlimmste war hier überstanden. Es gab sogar bereits eine Internationale Auto-Ausstellung - eher theoretisch zu betrachten, denn wer kaufte damals schon einen „fahrbaren Untersatz“? - und die Säkularschau „1848“. Die aktuelle Präsentation „Wien baut auf“ war ein erster Leistungsbericht, und die Festbeleuchtung des Rathauses im Mai zeigte, daß sich die „Szenerie Wien“ allmählich wieder selbst fand. Zu den schmerzlichsten vieler, sehr vieler Verluste zählte die Zerstörung des Zuschauerraums und des Bühnenhauses der Staatsoper und des Burgtheaters und die schwere Beschädigung des Stephansdomes, der jahrelang ohne sein charakteristisches Dach aus farbigen Keramikschindeln blieb. Der Wiederaufbau der Oper und der Metropolitankirche - das war die Rettung kostbarster geliebter Symbole des ganzen Landes, ein Beginnen, bei dem indirekt oder direkt zahllose Österreicher mithalfen, ein Vorhaben, in tieferem oder höherem Sinn ebenso wichtig wie die Instandsetzung der Einrichtungen des öffentlichen Lebens und die Beschaffung neuen Wohnraums. Am 19. Dezember 1948 konnte der Dom zumindest wieder geöffnet werden. Die beiden größten und wichtigsten Theater Wiens freilich blieben noch lange im Bauzustand.

Die Bundesbahn war auf dem Weg weiterer Normalisierung ihres Betriebes. Mit vereinten Bemühungen gelang es dem Bundesministerium für Handel und Wiederaufbau und den offiziellen Fremdenverkehrsorganisationen auf Bundesebene die Freigabe der Hälfte aller von den Besatzungsmächten beschlagnahmten Beherbergungsbetriebe zu erreichen, die Vorbedingung für das Anlaufen des Fremdenverkehrs und damit eines Deviseneingangs. Im Westen wurden beschränkte „Ausländer-Aktionen" durchgeführt, die sich vor allem in der französischen Besatzungszone Tirol und Vorarlberg auswirkten. Schon seit 1945 hatten die Salzburger Festspiele künstlerisch ihren Weltruf wiedergewonnen. 1948/49 entwickelte sich der Reiseverkehr bereits ohne wesentliche äußere Hemmnisse. Ein vielen Leuten heute noch erinnerliches Zeugnis für die einsetzende Werbetätigkeit des kommunalen Kulturamtes ist das 1949 entstandene preisgekrönte Wien-Plakat des bekannten Grafikers Hans Fabigan, der den Genius loci der Stadt ins allgemeinverständliche Sinnbild faßte: die Schnecke einer Geige vor der Silhouette der Türme und Kuppeln.

Die Kontrolle an der Ennsbrücke hatte, wie es so geht, im Lauf der Zeit eine gewisse Lockerung erfahren. Selbst die Sowjetarmisten nahmen es nicht mehr ganz so genau. Schon im Mai 1950 verzichteten die Amerikaner auf alle Formalitäten.

Ein weiteres Wegzeichen dafür, daß die viergeteilte Stadt kulturell ihre Selbständigkeit und ihre Traditionen wahrte, war die Reinstitution der Festwochen (1951). Hatten sie vor 1938 „Festwochen in Wien" geheißen, so wählte man nun einen Namen, der die enge Beziehung zwischen Veranstalter und Ereignis deutlicher zum Ausdruck brachte: „Wiener Festwochen". Ihr Grundsatz und Ziel: beispielhafte Aufführungen, Konzerte und Ausstellungen, wobei im Lauf der Jahre immer stärker der Gastspielgedanke - die Beteiligung ausländischer Spitzenensembles, Orchester und Solisten - betont wurde.

1952 trat als Kopfstation der so wichtigen West-Ost-Verbindung der neue Westbahnhof in Funktion, der erste Wiener Großbahnhof nach damals modernen Maßstäben. Schließlich hoben auch die Sowjets ihre Kontrollen an den Demarkationslinien auf, und diese Erleichterung erfolgte terminlich so günstig, daß sie für die schöne Jahreszeit von 1953 einen spürbaren Anstieg des Fremdenverkehrs bewirkte. Die neue Werbeidee des Kulturamtes der Stadt hatte die Formulierung „Wien hat immer Saison", und das Resultat gab diesem seither vielfach auch andernorts variierten Leitsatz recht. Zum erstenmal nach dem Kriegsende waren nicht nur die Hochsommermonate Juli und August aktiv, sondern Urlauber kamen vom Mai bis zum Oktober - womit sich bereits ein Bild vorzeichnete, wie wir es heute in wesentlich differenzierterer Auffächerung kennen. Die Kontaktpflege galt vor allem dem westlichen Ausland und der Bundesrepublik Deutschland, die im kräftigen Aufwind ihres „Wirtschaftswunders" lag, und sie ging Hand in Hand mit der Erweckung des Interesses am größeren Umraum, nämlich der Donauregion - ähnlich wie bereits vor Jahrzehnten, als man von Wien aus die Aufmerksamkeit auf die Kulturlandschaft der Wachau gelenkt hatte. Dem Thema Donau war auch die Zentralausstellung der Festwochen 1953 gewidmet, gemeinsam von den Fremdenverkehrsinstanzen Wiens, Niederösterreichs, Oberösterreichs, Bayerns und der DDSG veranstaltet. Wir sehen: lauter Ansätze, in der gegebenen Situation manches eher noch bescheiden skizziert, aber: die Richtung stimmte.

Schon im Jahr 1954, bei den Vier-Mächte-Verhandlungen in Berlin, wurde den Repräsentanten Österreichs, Leopold Figl und Bruno Kreisky, ein projektierter Staatsvertrag mit empfindlichen Einschränkungen und Fußangeln angeboten, den die beiden Politiker zu Recht ablehnten. Solche Umsicht und Geduld trug ihre Früchte. Im Jahr darauf gelang es in Moskau, günstigere Bedingungen zu erreichen und den Status der „Immerwährenden Neutralität" festzulegen, der Weg zum Abschluß des Staatsvertrags war frei. Zwar endete die Räumungsfrist für die Besatzungstruppen erst neunzig Tage nach der Ratifikation, nämlich am 25. Oktober 1955, doch bereits Wochen früher verschwanden die alliierten Soldaten aus dem Stadtbild Wiens, und schon vom 15. Mai an war Österreich frei, endlich wieder Herr im eigenen Haus.

Im Hochsommer trat ein Wiener Fremdenverkehrsförderungsgesetz in Kraft, und am 10. Oktober wurde der Fremdenverkehrsverband für Wien konstituiert, der - wie es im Gesetz heißt - seither die touristischen Interessen des Bundeslandes Wien wahrzunehmen hat. (Übrigens liefen von dieser Körperschaft persönliche Beziehungen zur modernen österreichischen Literatur. In leitenden Positionen waren der Lyriker Wilhelm Adametz und der Autor beliebter historischer Romane, Gustav Karl Bienek, tätig.) Die neue Fremdenverkehrsstelle der Stadt Wien begann ihre Werbung mit der Devise: „Willkommen im freien Wien!" Schon der Herbst stand im Zeichen kultureller Höhepunkte. Am 15. Oktober hob sich im Burgtheater erstmals wieder der Vorhang. Für das Ensemble war dies die Heimkehr in die „Heimat Burgtheater", wie es der prominente Schauspieler und Arbiter Viennensium Fred Hennings in tiefer Verbundenheit mit dem Haus nannte. Und kurz danach, am 5. November, dirigierte Karl Böhm vor einem Publikum von Musikfreunden aus aller Welt in der wiedererstandenen Staatsoper die festliche Eröffnungsaufführung des „Fidelio". Zum zweitenmal seit 1945 stand damit Beethovens grandioses Werk mit seiner Botschaft der Hoffnung am Beginn eines neuen Abschnitts der österreichischen Geschichte. Vor der Staatsoper, unter der Kreuzung der Kärntner Straße mit der Ringstraße, war übrigens 1955 in imponierend kurzer Bauzeit die unterirdische Opernpassage entstanden, mit Rolltreppen, Buffet, Läden und der - bis heute dort untergebrachten - „Tourist-Information".

Zwischen 1945 und 1955 hatte der Individualverkehr im gesamten bei weitem noch nicht die Bedeutung, die ihm nun bald zukam, und die Arbeiten an den Autobahnstrecken beschränkten sich vorwiegend auf Sanierungsmaßnahmen. Dies erhellt aus Zahlenvergleichen. Wurden für den Wiederaufbau der Bundestheater 338 Millionen Schilling aufgewendet, so belief sich die für die Autobahn veranschlagte Summe auf 63 Millionen, also kaum ein Fünftel.

Gute Einfälle erscheinen hinterher so einfach, so selbstverständlich, aber man muß sie in die Realität umsetzen. Dies geschah zu den Festwochen 1956 mit einer Aktion, die seitdem Schule gemacht hat und in vielen Städten nachgeahmt worden ist. Unter dem Motto „Wien - eine Stadt stellt sich vor" wurden in der Form bewimpelter Tafeln mit kurzen Angaben Markierungen der Baudenkmäler und Kulturstätten vorgenommen. Damit rückte man auch Architektur, die nicht zu den Standard-Sehenswürdigkeiten zählte, gebührend ins Blickfeld der Einheimischen und der Gäste. Gerade das ist ein besonderes Verdienst um die Weckung eines breiter gelagerten Verständnisses für das historische Stadtbild. (Rückschauend können wir feststellen, daß sich so auch ein neues Verhältnis zum „anonymen Bauen" ankündigte, zum „durchschnittlichen", aber typischen städtischen Wohnhaus der Vergangenheit, dem die Denkmalpflege heute systematisch ihr Interesse zuwendet.)

Im selben Sommer wurde einer neuen Tendenz des Tourismus Rechnung getragen: der wachsenden Zahl von „Selbstversorgern", was das Quartier betrifft, Urlaubern, die im eigenen, mitgebrachten Zelt nächtigen wollen, und das nicht nur in entlegenen Gegenden, sondern auch am Rand der Großstadt. Im 14. Bezirk, in der Hüttelbergstraße, eröffnete die Gemeinde den ersten Wiener Campingplatz, dem im Lauf der Zeit andere günstig plazierte Anlagen folgten.

Statistiker errechneten, daß der Fremdenverkehr aus den Oststaaten maximal nur noch 10 Prozent des Aufkommens der Zeit vor 1938 ausmachte. Ein Kommentar erübrigt sich. Doch unter veränderten Vorzeichen wurde mit einem Schlag unerwarteter Zustrom ausgelöst. In Ungarn kam es zum Aufstand gegen das stalinistische Regime und gegen die sowjetische Hegemonie. Von den Panzern vertriebene Widerstandskämpfer und andere Bürger, die nicht mehr in einer Volksdemokratie leben wollten, nützten die Möglichkeit zum Exodus. Waghalsig und freiwillig, unter dem Zwang der Ereignisse. Über die Brücke von Andau oder über den Neusiedler See. Kurz nach dem Krieg hatte es das Problem der „Displaced Persons" gegeben, der Entwurzelten verschiedenster Nationalität, von einem Lager ins nächste abgeschoben, zu stetigem, zermürbendem Hürdenlauf auf der Hindernisbahn fremder Gesetze, fremder Denkweise und unbegreiflicher Entscheidungen genötigt. Nun stand das neutrale Österreich gemeinsam mit ausländischen Hilfsorganisationen plötzlich vor dem Postulat, die heimatlos gewordenen Ungarn aufzunehmen und unterzubringen. Solche Situationen sollten sich nach dem Diktat des hochbrisanten Weltgeschehens leider des öfteren wiederholen . . .

Wie schon vor Jahrzehnten war ein Fixpunkt der praktischen Abwicklung des Fremdenverkehrs der „Zimmernachweis", die Quartiervermittlung als den Aufenthalt a priori erleichternde „Serviceleistung", so nennt man dergleichen jetzt. Damit allein ist es aber nicht mehr getan. Immer wichtiger wurde zudem die persönliche, individuelle Information und Beratung, die den Besuchern das Gefühl gibt, man bemühe sich um sie, bringe ihren speziellen Wünschen Interesse und Verständnis entgegen. Entgegenkommen - wörtlich genommen, war das Motiv, 1957 erstmals eine Gruppe von „Stewardessen" auszusenden, heute heißen solche als Betreuerinnen im Tourismus und im Kongreßwesen vielfach eingesetzte junge Damen „Hostessen", jeder kennt sie. Jene ersten Stewardessen nun fuhren in D-Zügen und auf DDSG-Schiffen mit und erteilten den Passagieren schon unterwegs die erforderlichen Auskünfte. Drei Monate blieben sie auf der Tour, insgesamt legten sie Strecken von 200 000 Kilometern zurück. Während jener Zeit waren sie rund 12 500 Reisenden behilflich. Außerdem wurden in den Bahnhöfen Informationsstellen eingerichtet und als Novum auch Exposituren auf den Hauptzufahrtsstraßen vom Westen und vom Süden, draußen am Stadtrand, in originell umfunktionierten alten Eisenbahnwagen.

Wenn die Hauptreisezeiten längst vorbei waren und der landesübliche Sommertourist sich daheim zuweilen an Hand seiner Farbdias das Gewesene in Erinnerung rief, kamen trotz grauer Witterung manche Fremde, die ihren Aufenthalt völlig nach den eigenen Intentionen geistigen Anspruchs gestalteten. Einzelgänger, Repräsentanten jenes universalen, europäisch denkenden Kulturmenschentyps, den das 19. Jahrhundert ausgeprägt hatte. So war in den Monaten der Jahreswende 1957/58 der große deutsche katholische Dichter und Historiker Reinhold Schneider hier zu Gast. Er spürte dem habsburgischen Mythos nach, nahm die Aura Wiens in sich auf und führte lange Gespräche mit verwandten Geistern wie Alexander Lernet-Holenia, Hans Fronius und Carl Zuckmayer. Als Diarium entstand damals eines der schönsten, gedankenreichsten Bücher, die je über diese Stadt geschrieben wurden: „Winter in Wien". Es erschien posthum, denn Schneider starb kurz danach in Freiburg im Breisgau. Der Band hat zahlreiche deutsche Kulturfreunde tief beeindruckt und bewogen, selbst nach Wien zu reisen. Da liest man: „Hier, Am Hof, faßte sich Marc Aurel in seinen Monologen, ist er vielleicht gestorben; eine Häuserzeile zurück, am Bauernmarkt, stand das Haus, wo Grillparzer geboren wurde. – Gab es je ein anmutigeres, ein betörenderes Finale? Und hat es, in den oberen Chören der neun, nicht schon Mozart angestimmt? ... Wenn aber in der Silvesternacht nach der Segenserteilung vor dem Dom durch den gewaltigen Gesang der Pummerin, der ‚Königin von Österreich', der Walzer zu schwingen beginnt, so offenbart sich Einmaliges: Der Tanz ist dem Heiligen nah, ist Palladium; er ist Gestalt geschichtlichen Daseins geworden, die anmutigste, die ein Volk je gefunden hat; der sachte Beginn des unwiderstehlichen Liedes wird in Ehrfurcht gegrüßt."

Gemeinsam mit dem Kulturamt wurden eigene Sommerveranstaltungen organisiert, um keine „tote Saison" die gewohnte Lebhaftigkeit des Geschehens unterbrechen zu lassen. (Heute ist daraus der „Musikalische Sommer" mit Hunderten Veranstaltungen geworden...) Im traditionsreichen Schönbrunner Schloßtheater, dem Reinhardtseminar als Schulbühne zugeteilt, spielte ab nun auch die „Kammeroper", eine von dem Dirigenten Hans Gabor gegründete kleine, sehr sympathische Opéra comique. Planungen und Realisationen nach ganz anderem Maß hingegen ermöglichte fortan die 1958 von Roland Rainer vollendete Stadthalle beim Westbahnhof, ein riesiger Komplex für die Monstershow amerikanischen Zuschnitts.

Zog man 1959 Bilanz, dann wies sie für jenes Jahr 700 000 Gäste aus, das hieß, daß sich die Zahl seit 1949 - 300 000 - mehr als verdoppelt hatte, und die Tendenz war nach wie vor steigend. Der Ausbau der Autobahnen und die Verdichtung des PKW-Verkehrs ergab eine erhöhte Frequenz, wiewohl im Durchschnitt eine kürzere Aufenthaltsdauer. Experten stellten fest, daß sie gegenüber der Vorkriegsära auf die Hälfte reduziert erscheint. Blieb damals der Fremde zirka eine Woche, so ließ es die neue Generation oft bei maximal drei Tagen bewenden. Wien in drei Tagen also, three days in Vienna, als eine der Stationen auf langem Trip. Ein festgelegtes, komprimiertes, in den Touristenführern genau vorgezeichnetes Sightseeing-Programm - inklusive des Ausflugs nach Mayerling -, in dem bloß die Angaben der Standardpunkte für die wirkungsvollsten Urlaubsfotos fehlen.

Andererseits geht es jetzt, auch beim Kurzurlaub in einer anderen Stadt, immer häufiger darum, „dem Alltag zu entfliehen".

Da werden nicht individuelle Eindrücke des Bildungsreisenden gesucht, da geht es oft darum, Wien den vorgeprägten Erwartungen entsprechend - als gemütliche, oft leicht operettenhafte, historisch geprägte Stadt - zu erleben. Mit Mozart, Lehár, Sängerknaben und Lipizzanern, mit der bekannt üppigen Wiener Küche (vor allem den hinreißenden Mehlspeisen!) und natürlich mit dem Heurigen, ohne den kein Wien-Aufenthalt als vollwertig betrachtet wird. Ein Korrespondent fragte einmal, wohin er denn eine Gruppe seiner Landsleute zum Wein führen könne, „wo auch gesungen wird". Auf die Antwort: „Beim Heurigen muß nicht gesungen werden. Zumindest nicht im Chor. Das ist gar nicht Usus", meinte er: „Meine Gäste wollen das aber. Sie haben erfahren, das gehört dazu. So stellen sie sich einen echten Wiener Heurigen vor."

„Visit Vienna, the most European city", lautete der Slogan der gezielten Werbung in den USA. Denn die Stadt im Vorfeld des Eisernen Vorhangs, letzter Vorposten der Offenheit, vermittelnder Schnittpunkt, dieses Wien intensivierte zusehends seine Funktion als Gesprächsebene der verschiedenen Gruppierungen und Blöcke. Staatspolitische Neutralität, daran herrschte seit 1955 nirgends Zweifel, war dabei keineswegs mit unentschiedener Haltung und Farblosigkeit zu verwechseln. Internationale Organisationen verlegten ihren Sitz nach Wien. Den Vorreiter dieser Entwicklung bildete die Atombehörde, es folgten die UNIDO (United Nations Industrial Development Organization) und die in unserer Gegenwart zu einem Schlüsselfaktor gewordene OPEC (Organization of Petrol-Exporting Countries). Eine ebenso repräsentative wie in ihren Einrichtungen moderne Tagungsstätte wurde mit der Eröffnung des Kongreßzentrums in der Neuen Hofburg geschaffen, in dem als letztem Teil der Gesamtanlage vollendeten neobarocken Quertrakt, eigentlich einem großen Saalbau, der ohne konkrete Bestimmung geblieben war. Kein Wunder, daß angesichts solcher Aufwertungen schon 1960 die Frage sich erhob, ob Wien auch die praktischen Voraussetzungen für seine neue Rolle erfülle, ob es genügend Hotelbetten gebe. Ein Thema, mit dem sich sogar der Verfassungsgerichtshof auseinanderzusetzen hatte, der die Feststellung traf, in Anbetracht des Bedarfs gebe es keinen Einwand gegen die Erhöhung der Bettenzahl. Nach der Zählung von 1959 standen zirka 11 000 Gästebetten zur Verfügung.

Im Wechsel der politischen Gezeiten zwischen „Tauwetter" und „Eskalation" - ein neuer Begriff der beginnenden sechziger Jahre - beschworen das „Abenteuer in der Schweinebucht", eine mißglückte amerikanische Militäraktion an der Küste Kubas, und der sowjetische Druck in Berlin eine neuerliche internationale Krise herauf. Der Bereinigung der Situation sollte die weltweit wichtige und weltweit beachtete Begegnung zwischen dem neugewählten US-Präsidenten John F. Kennedy und seinem Widerpart, dem alten gerissenen Nikita Chruschtschow, dienen. Eine „summit conference", so nennt man das im Vokabular der Zeit, ein Gipfeltreffen. Es fand im Juni 1961 in Wien statt, für Stunden avancierte die Residenz des amerikanischen Botschafters in Hietzing zum Schauplatz eines welthistorischen, aber nicht sehr herzlichen Shakehands. Die Gespräche der beiden Repräsentanten der Supermächte drehten sich um die Entspannung - auch dieses Wort haben wir seither sehr, sehr oft gehört und gelesen. Der praktische Effekt der Verhandlungen war äußerst gering, ja fast gleich Null. Eine Verhärtung der Fronten konnte dadurch nicht verhindert werden; kurz danach entschloß sich die DDR-Regierung zu einem radikalen Schritt der Absperrung. Sie errichtete an der Grenze zwischen West- und Ostberlin die Mauer. Aber für den Ruf Wiens als Basis des Versuchs, miteinander zu reden, und als die Kontraste milderndes Ambiente hatte der Kennedy-Chruschtschow-Besuch enorme Bedeutung.

Damit schlug auch die Stunde des 1960 im großzügigen Ausbau fertiggestellten neuen Flughafens Schwechat, nach mancherlei Metamorphosen aus einem ursprünglich 1939 von der deutschen Luftwaffe angelegten Jagdfliegerhorst und späteren Flugplatz der Heinkel-Werke entstanden. Während der

Besatzungszeit verfügten die Sowjets über ein Flugfeld in Vöslau - von dort reiste die österreichische Delegation 1955 zu den Staatsvertragsverhandlungen nach Moskau. Aspern war sowjetischer Luftwaffenstützpunkt. Zwangsläufig mußte „Iwan" den westlichen Besatzern in Niederösterreich nahe bei Wien exterritoriale Flugplätze einräumen. Die Amerikaner bezogen das ehemalige Luftwaffengelände in Langenlebarn, sie nannten es „Tulln Air Base", die Briten etablierten sich in Schwechat. Aus einer ihnen unterstehenden „Austrian Handling Unit", einer Abwicklungsgruppe, wurde seit 1954 die österreichische Instanz für den zivilen Flugverkehr, die Keimzelle der Flughafenbetriebsgesellschaft. Ende März 1958 startete eine viermotorige Propellermaschine der neuen Austrian Airlines zum ersten Flug, mit dem Ziel London. Das war der Beginn. Gegenwärtig (1980) wird Schwechat von 32 Linien und rund 70 Chartergesellschaften angeflogen.

Anno 1961 machte sich, durch die politische Unsicherheit bedingt, ein Rückgang der Zahl amerikanischer Touristen bemerkbar. Offenbar war ihnen die Nähe des Ostblocks unheimlich. Viel weniger von derlei Bedenken beschwert zeigte sich die Jugend Europas. Reisen junger Leute nahmen in solchem Maß zu, daß das 1950 als Jugendgästehaus der Stadt Wien eingerichtete Schloß Pötzleinsdorf längst zu klein geworden war, seit 1958 stand als zusätzliches Quartier ein neugebautes Objekt in Hacking zur Verfügung, in der Nähe der Westeinfahrt. Die Touristik der Junioren, die in Gruppen oder allein auf große Fahrt gehen, ist ein Phänomen, das es vordem in dieser Form, als selbstverständlichen Teil der Lebensführung, nicht gegeben hatte, das aber im Lauf der letzten zwanzig Jahre bis heute durch fördernde Aktionen, wie preisgünstige Tickets und sonstige Ermäßigungen, auf unserem gesamten Kontinent immer mehr an Gewicht gewinnt und das sommerliche Straßenbild sowie die Veranstaltungspalette in den Städten zwischen Stockholm und Madrid mitbestimmt.

Während des Sommerhalbjahres 1962 verzeichnete der

Wiener Fremdenverkehr erstmals seit dem Kriegsende wieder Resultate, die sich mit denen des letzten „richtigen" Friedensjahres 1937 messen konnten. Eine neue ständige Einrichtung des Kultur- und Unterhaltungsprogramms im Verlauf der Urlaubsmonate war die Sommersaison im Theater an der Wien mit einer jeweils en suite gespielten klassischen Operette. Zunächst war es „Die Fledermaus", dann, stets ein Publikumserfolg, „Die lustige Witwe". Die österreichische Hotellerie präsentierte in der Werbung verstärkt den Typus des „Schloßhotels" mit seinem spezifischen Milieu. Auf Wiener Boden eröffnete ein Unternehmen dieser Art in Seitentrakten des Palais Schwarzenberg.

Als Kontrast dazu entstand auch das erste Großhotel internationalen Gepräges in Spitzenkategorie, das „Vienna Inter-Continental" beim Stadtpark, als Hochbau mit einer für Wien neuen Kapazität, hypermodern, in allen Einzelheiten und technischen Finessen perfekt.

Das war 1964. Damals erreichte die Frequenz mit mehr als 3 Millionen Nächtigungen einen neuen Höchststand, und infolge der anwachsenden Motorisierung und der Verbesserung der Bahnverbindungen wurden die Inländerfahrten nach Wien „mehr und mehr zum ‚Ausflugsverkehr'" ins Großstädtische. Es gab auch eine besondere Attraktion: die Wiener Internationale Gartenschau „WIG 64" im neugestalteten Donaupark am nördlichen Ufer des Stromes. 29 Staaten beteiligten sich daran, binnen sechs Monaten verzeichnete die Schau 2,2 Millionen Besucher, fast die Hälfte von ihnen nützte auch die Möglichkeit, von der Höhe des neuen „Donauturms" das Panorama der Stadt aus einem bisher nicht gegebenen Blickwinkel zu betrachten.

Jubiläen waren in Wien schon im vorigen Jahrhundert beliebter Anlaß für Veranstaltungen. Großzügig konzipierte Ausstellungen erhielten durch ihre kulturelle Bedeutung, das Konzept auf Grund neuer wissenschaftlicher Forschung und nicht zuletzt das in beispielhaften Katalogen gesammelte Material den Charakter bleibender Leistung. 1965 war es die Ausstellung „150 Jahre Wiener Kongreß", später stand vorwiegend die Musik im

Mittelpunkt, jeweils an Jubiläen orientiert: Beethoven (1970), Arnold Schönberg (1974), Johann Strauß (1975) und Franz Schubert (1978). Im Maria-Theresien-Jahr 1980 war das Schloß Schönbrunn der ideale Rahmen für eine Schau über die „Augustissima" und ihre Welt.

Vielversprechende Entwicklungen bahnten sich durch die Beteiligungen an Auslandsaktionen an, bei den „Österreich-Wochen" und ähnlichen Veranstaltungen in den Zentren Europas und der USA, wo auch Wien fremdenverkehrswerbend in Erscheinung trat. Der organisierte Tourismus mit fixen Arrangements eröffnete breiten Schichten die Möglichkeit, die wichtigen Großstädte des Kontinents kennenzulernen. Autobusreisen, bei denen der Bus zur Anreise und zu Rundfahrten und Exkursionen in und um die Stadt verwendet wird, erwiesen sich dabei als preisgünstige, sehr beliebte – und heute auch als energiesparend angesehene – Form des Fremdenverkehrs.

Schwankungen der Frequenz hängen, wie sich bereits mehrmals zeigte, von äußeren unbeeinflußbaren Entwicklungen, zuweilen aber auch von unwägbaren Faktoren ab. Eine Ironie des Schicksals wollte es, daß just das international zum „Jahr des Tourismus" proklamierte Jahr 1967 im gesamten gesehen für Wien eher rückläufige Tendenzen aufwies. 1968 hingegen stellten sich plötzlich Verlagerungen ein, nämlich durch den kurzen „Prager Frühling", der zunächst ein Ansteigen des Gästezustroms aus der ČSSR bewirkte. Doch bald darauf bewogen die Intervention der Ostblocktruppen und die daraus resultierenden neuerlichen Spannungen Reisegesellschaften aus überseeischen Ländern, ihre Buchungen zu stornieren. So kommt dem Fremdenverkehr die Funktion eines „Barometers" zu, an dem das Spiel von ferner Ursache und naher Auswirkung, die Veränderung der Druckverhältnisse im weltpolitischen Klima, deutlich abzulesen ist.

Die laufende Erweiterung des Angebots an Tagungsstätten vom repräsentativen Barocksaal bis zum gleichsam keimfreien, technisch perfekten Konferenzraum und das Bewußtsein, auf

„neutralem" Terrain, aber nicht in neutraler, lies: gesichtsloser Umwelt, sondern inmitten einer modernen Großstadt, die ebenso uralte Kulturlandschaft ist, Gespräche führen zu können, bestimmt viele Organisationen, Wien als Ziel zu wählen. In Brüssel besteht eine „Union des Associations Internationales", sie ermittelte die beliebtesten Kongreßstädte der Erde und nahm folgende Reihung vor: London, Paris, New York, Brüssel, Wien. Kongresse der unterschiedlichsten Sparten werden in Wien abgehalten, mit Teilnehmerzahlen zwischen 150 und 15 000 Personen, nicht gerechnet die vielen „Roundtable"-Diskussionen, Foren, Meetings usw. für mehr oder weniger geschlossene Interessentengruppen. Sicherlich keine Quantité négligeable, weder für die Fremdenverkehrswirtschaft noch unter dem Gesichtspunkt der individuellen Goodwill-Werbung, nämlich der Mundpropaganda hernach. 1973 wurde Wien international zur „Kongreßstadt des Jahres" gekürt. Der Erfolg ist allerdings nicht nur auf das perfekte Angebot Wiens für Kongreßveranstalter zurückzuführen, sondern auch auf die Tatsache, daß Wien seit 1971 sozusagen generalstabsmäßig, systematisch und gezielt bei Organisationen in der ganzen Welt auf seine Vorteile als Kongreßstadt aufmerksam macht und auch in dieser Sparte den zu erwartenden Gästen maximales „Service" bietet.

In der Wiener Hotellerie, die von der Betriebsgröße her durchwegs traditionelle Züge aufweist, verstand man die Zeichen der Zeit und nahm umfangreiche Modernisierungsvorhaben in Angriff, um unter Beibehaltung der spezifischen Atmosphäre allen Komfortansprüchen gerecht werden zu können. 1975 wurde, wie das „Vienna Inter-Continental" am Stadtpark gelegen, das „Wien Hilton"-Hotel eröffnet, mit 1 200 Betten das größte Hotel der Stadt und wie nun schon eine ganze Reihe von Beherbergungsbetrieben mit vielseitigen Konferenzräumlichkeiten ausgestattet.

Wien hatte seit je vielen anderen Großstädten die Nähe einer in manchen Zügen fast mediterranen Natur und eines Badeortes an dieser erdgeschichtlich markanten „Thermenlinie" voraus. In neuerer Zeit aber brachte der Ausbau des 1974 eröffneten Kurzentrums Oberlaa auch auf dem Gebiet des 10. Gemeindebezirks - auf dem Gelände, wo einst die großen Stummfilme gedreht wurden und dann, 1974, die zweite WIG stattfand - mit einer der ertragreichsten und wärmsten Schwefelquelle ganz Österreichs nicht nur für die Ansässigen vielfältige Behandlungsmöglichkeiten.

Erinnern wir uns: vor Jahrzehnten erstellten die Hoteliers gemeinsam mit anderen Gremien und Körperschaften ein „Arbeitspapier". Mutatis mutandis wurde 1975 ein Wiener Fremdenverkehrskonzept für die weitere Entwicklung ausgearbeitet. Zu dem großen Maßnahmen-„Paket" gehörten detaillierte Projekte zur Verbesserung des Straßenverkehrs, namentlich der Autobahnen, und die Anlage weiterer Parkmöglichkeiten, die Schaffung direkter Flugverbindungen zwischen Wien und den USA sowie Japan, die Möglichkeit günstiger Bahnreisen über weite Strecken, damit im Zusammenhang die Intensivierung der Städteschnellverbindungen und der Anschlüsse an den Intercity-Verkehr der BRD sowie die Hebung des Standards der Zugsgarnituren. In dem Aufgabenspektrum, das lokale Details und Gesamtkomplexe gleicherweise erfaßte, fehlten auch Aspekte wie die so bedeutsamen denkmalpflegerischen Erwägungen nicht, die Bestrebungen zur Bewahrung des Stadtbildes, die Revitalisierung der Innenstadtbereiche und die Frage der Fußgängerzonen, zudem Schritte, um zu verhindern, daß die alten Weinbauorte des Stadtgebietes ihren Charakter verlören, wörtlich „die Erhaltung der Wiener Hauerlandschaft". Ebenso die Zusammenarbeit zwischen Hotellerie, Reisebüros und offiziellen Stellen zur Förderung des Kongreßwesens und last, not least, auf die Bevölkerung bezogen, die „Hebung der Fremdenverkehrsgesinnung in Wien".

Wie wichtig es war, in der immer heftiger werdenden internationalen Konkurrenz im Städtetourismus Wege zur weiteren Verbesserung des eigenen Angebots und der Wien-Werbung zu suchen, zeigten ein vorübergehender leichter Rückgang der Nächtigungszahlen Mitte der siebziger Jahre und vor allem das „Problem USA“: Die Amerikaner, lange Zeit auf Rang 2 in der Wiener Gästestatistik, traten in der touristischen Bilanz sozusagen einen ständigen Rückzug an, der bis in die Gegenwart anhält und deutlich machte, wie notwendig es ist, das Risiko dieses Wirtschaftszweiges auf möglichst viele Herkunftsländer der Gäste abzustützen. Erfreulicherweise gelang dies in Wien auch sehr gut: Seit der Saison 1975/76 befindet sich Wiens Tourismus ununterbrochen „im Aufwind“.

Für Wien als Ort der Begegnung war das Jahr 1979 durch das große SAL-Treffen gekennzeichnet, die weltpolitisch wichtigen Verhandlungen zwischen Präsident Jimmy Carter und Premier Leonid Breschnew über die Beschränkungen der strategischen Waffenpotentiale. Im selben Sommer wurde nach einer UN-Konferenz über Wissenschaft und Technik im Dienst der Entwicklung der Riesenkomplex der UNO-City an der Donau den Vereinten Nationen übergeben, womit Wien neben New York und Genf offiziell zur dritten „UNO-Stadt“ wurde, mit exterritorialem Gebiet, zu dessen Betreten der Besucher seinen Reisepaß benötigt, und mit eigenen UNO-Briefmarken in Schillingwährung.

Prognosen für die kommenden Jahre fallen im Wiener Fremdenverkehr vorsichtig aus. Man ist sich bewußt, von weltwirtschaftlichen Faktoren abhängig zu sein, die auch mit der besten Werbung nicht zu beeinflussen sind. Vorerst aber ging es Wien 1980 wieder einmal sehr gut: Die touristische Saison war die bisher beste aller Zeiten, und erstmals konnten über 4,5 Millionen Gästenächtigungen verbucht werden. Auch der Rückgang aus den USA erscheint (vorübergehend?) gestoppt. Und neue Projekte für Großhotels zeigen, daß bei aller Vorsicht der Experten internationale Konzerne Wien für einen guten Boden halten.

Über aktuelle Anlässe hinausgehoben aber, zeitlos bereits, ist ein Ereignis, das nach dem Ablauf der zwölf Monate immer wiederkehrt und durch das Medium des Fernsehens Millionen Menschen zumindest im Geist nach Wien versetzt: das Neujahrskonzert der Wiener Philharmoniker.

Die Fachleute haben sich mit der Frage beschäftigt, wer in unserer Epoche Wien als Reiseziel wählt, und dies ermittelten sie bei ihren Untersuchungen: mehr als zwei Drittel der Gäste stehen im Alter zwischen Anfang Zwanzig und Fünfzig, bei den anderen Jahrgangsgruppen überwiegen die Senioren die Junioren, zwei Drittel kommen selbst aus Großstädten, sind also mit deren Grundstruktur a priori vertraut, rund 50 Prozent repräsentieren die gehobene Mittelschicht, eine soziale Einstufung, die schon bei anderen Erhebungen festzustellen war. Zirka 25 Prozent der Gäste sind Bürger der Bundesrepublik Deutschland, hinter ihnen rangieren die Inländer mit 13 Prozent, die Amerikaner mit 10 Prozent, dann staffeln sich die übrigen Nationalitäten. Bei der Anreise nach Wien wird das Flugzeug immer wichtiger. 1979 kamen schon 43 Prozent aller Gäste per Flug. An zweiter Stelle folgt der PKW, den dritten Platz hält die Bahn.

Nachsatz zu solchen Einteilungen in Kategorien, die zwangsläufig verallgemeinern: den „Einheitsgast“, den gibt es nicht.

Eine tröstliche Erkenntnis. Trotz aller Zwänge zu Norm und Numerierung bleibt eines entscheidend: die Beziehung von Mensch zu Mensch, nach uralten Gesetzen des Zusammenlebens. Letzten Endes ist es noch immer, wie es am Anfang war: den einen führt sein Weg heran, der andere heißt ihn

Willkommen!